KB021255

서여 사랑방 작은 인문학

서여 민영규 지음
조흥윤 정리 · 엮음

서여 사랑방
작은 인문학

서여 민영규 지음
조흥윤 정리 · 엮음

민족사

차 례

머리말

　서여西餘 민영규閔泳珪 선생은 1980년 연세대학교에서 정년을 맞으신다. 그 두 해 뒤 선생을 뵙고 공부하려는 이들이 있어 서울시 마포구 서교동에 있는 선생 댁을 중심으로 공부 모임이 형성되었다. 유근완柳根完 판사(변호사 개업 후 은퇴)와 한국정신문화연구원(현 한국학중앙연구원)의 김지견金知見 교수(작고) 두 분이다. 그것을 이름하여 '사랑방'이라 하였다.

　나는 독일 유학에서 1984년 봄 귀국하였다. 처음 수년간 정신을 못 차린 채 바빠서 선생님을 틈틈이 찾아뵐 뿐이었다. 그러면 여러 시간 찻잔을 놓고 드문드문 학문에 관한 말씀을 주시고 긴 침묵 가운데 때로 미소와 기도로써 내 지친 마음에 위로와 격려를 주셨다. 1980년대 말에야 사랑방에 얼굴을 내밀 수 있었다. 그리고 서여 사랑방의 식구가 된 것은 1990년 봄, 선생님의 제 1차 중국학술탐사 '촉도장정蜀道長征'을 두어 달 앞둔 때였다.

'초기 선종사禪宗史와 신라불교의 성격 규명'이라는 선생님의 연구과제의 숙연宿緣은 1954년 당신의 미국 하버드 대학 연경燕京 학사의 객원교수인 때로 거슬러 올라간다. 거기서 중국의 호적胡 適 선생을 만나 토론하면서 이 주제는 그대로 당신의 숙제가 되고 만다. 그 후 선생님이 추진한 호적 선생의 방한訪韓이 끝내 그분 의 타계로 이루어지지 못하고 선생님은 그 숙제를 이제 홀로 떠안 게 된다. 나는 선생님 밑에서 공부하면서 그에 관한 선생님의 글 을 읽고는 이래 그 연구에 어떻게든 작은 도움이 될 수 있기를 염 원하였다.

호적 선생이 떠나신 뒤 서여 선생은 당신의 그 과제를 한시도 잊지 않았다. 그래서 밤을 새기 일쑤였고 지치면 불을 켜 놓은 채 눈을 잠시 붙이곤 하셨다. 그러면서 정년을 맞고 거기서 또 10년 이 흐르고 있었다. 과제의 배경과 성격을 이제사 거의 파악하게 되었으나, 그 현장의 탐사를 통해 당신의 눈으로 그것을 확인하는 일이 남아 있었다. 그러나 당시 중국은 아직 미수교의 나라였고 저쪽의 교통·숙박이며 음식·위생·안전 등의 문제로 탐사여행 에 엄두를 내지 못하고 계셨다.

1990년 초 나는 우연히 교육부가 추진한 교수 중국 탐방연수의 한 팀에 참여하여 북경·상해 등지를 둘러 볼 기회를 가졌다. 그곳 사정과 여행 가능성을 선생님께 여러 번 설명드리자 선생님은 그 해 봄에야 중국행을 결심하셨다. 여비는 나와 인연이 있던 세계일보 문화부 기자들의 관심으로 그 신문사가 지원하였다. 학술 탐사기를 선생님과 내가 그 신문에 연재하는 조건이었다. 지원은 그 이듬해의 제2차 탐사인 '속續촉도장정'까지였다.

이 탐사 여비 지원과 관련해서 한동안 해괴한 소문이 나돌아 선생님께 심려를 끼쳐 드린 일이 이 대목에서 씁쓸히 기억되기에 밝혀 둔다. 소문인즉 내가 통일교와 깊은 관계에 있는데 선생님께서 그것을 모르고 말려들어 욕을 보게 되었다는 것이 그것이다. 연세대학교의 선생님의 제자 몇이 그런 소문을 퍼뜨린 것으로 뒤에 밝혀졌다. 그것은 전혀 사실이 아니다. 그 엄중한 학술탐사에 혹시나 잡스러운 기운이 끼어들지 않을까, 저들의 그런 걱정이 지나쳐 그리한 것으로 여기고 선생님과 나는 여러 차례 찻집에 앉아 긴 침묵 속에서 한참이나 식은 커피잔을 들곤 하였다.

첫 중국학술탐사를 앞두고 사랑방의 관심과 주제는 자연스럽게 초기 선종사와 신라·고려 불교에 집중되었고, 그때부터 나는 필요에 따라 사랑방의 이야기를 메모하였다. 선생님이 2005년 초 세상을 떠나시고 한두 해 지나 당신의 말씀이 그리워 그것을 정리해 두고는 생각이 날 때마다 들추어 보곤 하였다.

지난 5~6년 전부터 우리 출판계와 학술계에 인문학이라는 것이 드센 바람으로 불더니 이즈음에 잠잠해졌다. 그것이 역시 한때의 바람이었나 보다. 그 바람 속에 저명한 인문학자로 이름을 날린 이들이 적잖다. 그에 따라 너도 나도 인문학자로 행세하기도 하였다. 그런 바람 소동에 끼려고 부심하거나 그러지 못해 부끄럽게 여기는 이들도 주위에서 많이 볼 수 있었다. 우리네 그런 학문 풍토가 가슴 아프다. 학문은, 인문학은 그런 것이 아니다. 거기에는 인간과 사회의 근원·원형(archetype)에 관한 폭넓은 관심과 깊은 고뇌가, 그리고 그에 대한 가없는 연민과 의분義憤이 있어야 하는 것이다.

서여 사랑방에서 논의한 이야기와 문제의식은, 그것이 원형적인 것이기에 활활하고 생생하다. 그윽하고 울림이 있다. 이런 것을 인연이 있는, 인연이 닿는 이들과 나누어야 하겠다는 생각에 책으로 묶었다. 거기에 '작은 인문학'이라는 제목을 덧붙였다. 그에 앞서 선생님에 대한 그리움이 있었다. 2015년은 선생님 탄신 1백주년이 되는 해이다. 가족과 제자 및 가까운 이들이 어떻게든 한번 자리를 함께 하고 싶었다. 때에 선생님께 반가움과 기쁨과 감사를 드리는 것이 도리이리라.

이 책의 첫 이야기는 1990년 8월 1일, 중국 북경의 한 호텔에서 아침식사 중에 펼쳐진다. 서여 선생이 사랑방 식구와 함께 하시면 그곳이 바로 서여 사랑방이 된다. 그 끝 이야기는 2003년 8월

16일로 나와 있으나, 실제로는 1999년 4월 3일, 서교동의 한 커피숍에서 마친다. 그러니까 대략 9년 가까운 기간이다. 그것도 매일 이어질 수는 없었고, 식구들의 형편상 1주일이나 2주일 만에 모이곤 하였다. 내가 막내로 연락책을 맡았다. 중국학술탐사 기간에는 그 성격상 매일 매순간이 사랑방이었다.

서울에서는 서교동 일원에서 주로 커피숍을 찾아 모였다. 선생님께서 그곳에 사시고 또 유반산柳半山 님도 인근에 거주하기 때문이다. 먼저 선생님 댁에 모였다가 음식점으로, 또는 바로 찻집으로 자리를 옮기기도 하였다. 선생님이 커피를 즐기신 것은 잘 알려져 있다. 그런데 오래 앉아 있기에 식어버린 커피를 더 즐기신 사실은 다들 잘 모른다. 뜨거운 커피를 후후 불어가며 서둘러 마시는 이들을 선생님은 별로 좋아하지 않으셨다. 그런 사랑방에서는 별반 말이 없다가 드문드문 학문의 이야기가 펼쳐지곤 하였다. 그러면 시간이 어떻게 흘렀는지 모르고는 느지막히 커피숍을 나서서 큰 사거리쯤에서 선생님의 '각분동서各分東西'라는 말씀을 뒤로 하면서 사랑방을 파하였다.

사랑방 식구로 중간에 문화일보 김징자金澄子 논설위원이 참여했다. 김 위원은 촉도장정의 세계일보 연재와 관련하여 당시 그곳 문화부장으로서 우리 사랑방과 인연을 맺었다. 김 위원의 글을 선생님은 좋아하셨다. 김지견 님이나 김 위원은 여러 사정으로 우리

모임에 늘 참석하지는 못하였다. 그리고 위당 정인보 선생의 따님인 정양완 교수가 때에 따라 우리와 음식이나 차를 같이하였다. 그밖에 송광사 현봉 스님을 위시하여 몇 분이 우리 식구들과의 어떤 사연으로 사랑방을 다녀갔다. 다들 숙세宿世의 지극한 인연이다. 그 감사함을 어찌 다 말로 표현할 것인가.

앞에서 그 배경을 이야기하였거니와, 이 책의 내용은 그러니 초기 선종사와 한국불교를 주요 대상으로 한다. 무상無相—의상義相—일연一然 스님이 주로 거론되고, 이어 그 맥을 잇는 매월당梅月堂, 그리고 뒷 부분에서는 근대 한국불교의 경허당鏡虛堂에 관심을 쏟는다. 사랑방의 학문적 정신은 불교와 함께 강화학江華學이다. 위당 정인보 선생의 가르침을 받고서 한국의 학문 · 인문학의 정신인 강화학의 틀을 서여 선생이 바로 잡으셨으니 그럴 수밖에 없다.

무릇 학문 · 인문학이 그러하듯, 불교나 강화학은 그 범주가 사뭇 방대하여 그 맥락을 바로 알지 못하고서는 이해가 어렵다. 다른 말로 표현하자면, 종래 그것을 그냥 상대적인 개념으로 파악하였기에 그것이 왜곡 · 오해되고 이상한 모양으로 우리에게 인식되어 온 것이다. 그래서 우리는 그 진정한 모습과 참뜻을 잃어버렸다. 선생님의 관심과 사랑방의 문제의식은 그런 것을 되찾을 방법과 그 바른 인식에 매진하였다.

이 책의 구성 가운데 네 가지 글에 대한 해명이 필요하다. 그 가운데 세 가지는 선생님이 지방에 가서 강연한 것으로, 서여 사랑방의 지방 외출이라 해도 좋다. 첫째 것은 1994년 1월 21일, 송광사에서 그곳 스님들을 대상으로 2회에 걸쳐 강연한 것이다. 양이 적잖다. 녹음한 것을 풀었는데 그 2회째 분의 마지막 부분에 문제가 있어 온전하지 못하다. 둘째 것은 그 1년 뒤 또 송광사에서 1995년 1월 10일, 마찬가지로 2회로 나누어 강연한 내용이다. 주제는 '경허당 북귀사 초탐鏡虛堂 北歸辭 初探'이라 걸었다. 이것을 내가 메모하였다가 정리하였다.

셋째 것은 1994년 5월 13일, 충남대학교에서 '경허당의 북귀사'라는 주제로 강연하신 것이다. 시간적으로는 둘째 것에 앞서면서 그와 직결된다. 이것이 당신의 필사본 초록으로 남은 채 논문으로 다듬어지지 못하였는데, 내가 2003년 12월 한양대학교 민족학연구소의 학술지《民族과 文化》제12집에 같은 제목의 논문으로 실었다. 돌아가시기 1년 남짓 전의 일로, 건강이나 여러 사정이 더 이상 당신의 집필을 허락하지 않고 있었다. 그래서 원고 초록의 모습을 그대로 두고는 약간 보충하고 다듬었다. 글은 어디에든 실려 발표되면 살아남는다는 것이 선생님의 평소 가르침이셨다. 그 글이 명망 있는 학술지에 발표되지 못하고 이렇게라도 실려야 하는 학문의 현실에 마음이 몹시 쓰렸으나, 한편으로는 그만

큼도 고맙기 그지없다.

　마지막으로 「서여 민영규 선생과 천학川學」이라는 글은 내가
2006년 4월 사천연구회의 학술지 《사천문화四川文化》 제2집에 발
표하였다. 선생님이 돌아가셔서 추모하는 성격의 것이었다. 선생
님의 생애와 학문을 두고 몇 편의 글이 발표된 바 있으나 나는 천
학과 관련하여 그것을 논하였다. '천학'이란 중국 사천성을 대상
으로 하는 지역학을 내가 그렇게 이름하였다. 선생님의 학문 성격
을 이해하는 데, 도움이 되었으면 하여 뒤에 붙였다. 그리고 끝에
실은 선생님의 약보略譜는 내가 정리하였음을 밝혀 둔다.

　학문의 전승에는 두 가지 길이 있다. 기존의 체제적 학문은 선
생과 직계제자로 전해진다. 거기에는 흔히 인가가 따른다. 또 다
른 길에서는 시간과 공간을 뛰어넘어 깨달음 가운데 학문이 전승
된다. 고려 일연 스님의 조동선曹洞禪은 시간을 훌쩍 뛰어넘어 3
백년 뒤 조선의 매월당 김시습에게서 되살아난다. 그리고 또 450
년쯤 지나 조선의 몰락을 바라보면서 경허 스님이 그 정신을 다시
일군다.

　서여 선생은 만년 어느 사랑방 모임에서 당신이 "일연과 매월
당의 재발견자로 기억되기를 바란다"고 하셨다. 깨달음이 본디
그렇게 시공을 넘어 전승되는 것임을 거듭 확인하시는 것이다. 인
연의 사람들이 이 책을 통해 선생님의 그런 목소리와 학문을 듣기

를 삼가 기도한다.

우리 사랑방 식구들은 모두 민족사 윤재승 사장님과 이저런 인연을 맺어 왔다. 이 책의 출판을 염두에 두자 자연스럽게 민족사를 생각하게 되었고 그 뜻을 밝히자 윤 사장님이 편안히 수락하셨다. 인연이란 무릇 그런 것이다. 고마움을 표하기가 오히려 거북하다. 그래도 책이 이루어지게 애쓰신 민족사의 여러 분께 합장드린다.

2014년 가을 우반又半 삼가

이류중행異類中行의 실종과 그 행방

●

송광사 강연: 1994년 1월 21일

서여西餘 선생

여러분 이렇게 만나게 되어 퍽 반갑습니다.

좀 뒤늦은 느낌이 있습니다만, 지난해 광원암 중수重修 그리고 현봉玄鋒 스님의 진산晉山을 뒤늦게나마 여기서 축하드립니다.

광원암은 물론 송광사松廣寺 2세世 사주寺主 혜심 선사慧諶禪師께서 《선문염송禪門拈頌》을 편찬하신 곳입니다. 그래서 오늘 제 이야기도 《선문염송》 30권에 관련지어서 시작해 볼까 합니다. 이 《선문염송》은 일연一然 스님의 《중편조동오위重編曹洞五位》와 깊은 관련을 가지고 있습니다. 이 두 역사적인 저술이 어떻게 관련을 가질 수 있었던가 하는 데서부터 오늘 이야기를 시작하려고 합니다.

먼저 일연의 《중편조동오위》에서부터 시작합니다. 이 《중편조동오위》는 여기 이렇게 사진으로 가지고 왔습니다. 2분지 1로 축

소해서 내가 간행한 것입니다. 경도대학京都大學에 귀중본으로 장서되어 있던 것입니다. 이 경도대학의 고판본은 명치明治 년대부터 몇 번인가 활자본으로 유포되기도 했습니다.

그런데 어떻게 된 일인지, 자세히 그 내용을 보니까, 마치 이 책장이 뜯겨서 그냥 방바닥에 흩어진 것을 다시 앞뒤를 잘 가리지 못하고, 어디가 앞이고 어디가 뒤인지 모르고 다시 합쳐 가지고 매놓은 것입니다. 맥락이 맞지 않습니다. 그런데도 이것이 일본 조동종曹洞宗에서는 가장 초기의 소식을 점하는 것이라고 해서 조동종 전적의 맨 꼭대기에 모셔집니다.

일본 우이 하쿠주(宇井伯壽) 교수의 말을 빌리면, 아침저녁 그 앞에서 목탁을 두드리고 외워오던 책이라는 것입니다. 이것이 사실은 고려 일연 스님의 저술이라는 것을 내가 처음으로 발견했습니다. 몇 백 년 동안 그냥 목탁만 두드리고 외워오던 것인데 사실 그것이 고려 일연 스님의 저술이라는 것을 처음으로 밝혀낸 것이지요.

그런 지 20년 가까이 됩니다. 오늘날 어디서나 《중편조동오위》 하면 고려 일연 스님의 저술이라는 것을 모두 다 알게 되었습니다. 그리고 몇 년 전인가 동국대학교에서 《한국불교전서韓國佛敎全書》를 낼 때에도 일연의 저술로 발표되기도 했습니다. 지금은 어디서나 얻어 보기에 그렇게 어려운 책이 아니게 되었습니다.

그런데 안타까운 것은 내가 이것을 발표한 지 20년이 됩니다만 어느 한 사람도 일연 스님의 《중편조동오위》에 대해서 언급한 사람이 없다는 사실입니다. 이것은 퍽 우려할 사태입니다. 그 《중편조동오위》가 어떠한 의미를 갖는 책인가, 우리나라 불교사상사에서 어떠한 위치에 서야 할 책인가, 아무도 그것에 대하여 물어오는 사람이 없었습니다. 참으로 우려할 사태입니다.

이번 설을 쇠면서 그럭저럭 제 나이가 팔십이 됩니다. 그리고 나는 원래 선종사를 전문한 학도가 아닙니다. 20년 동안 기다려 보아도 어디서고 아무런 반응도 없는 것을 보면서 이래서는 안 되겠다 느끼기 시작했습니다. 그래서 몇 년 전부터 이 《중편조동오위》라는 것이 적어도 우리나라 불교사상사에서 어떠한 위치에 서는 것인가, 그것이 얼마만큼 중요한 것인가, 어떠한 의미를 갖는 것인가, 그리고 앞뒤가 모두 난맥 상태에 놓여 있는 이것을 어떻게 하면 좀 더 원형에 가까운 것으로 만들어 놓을 수 있을까, 여기에 관심을 쏟기 시작했습니다. 남이 안 하니까 제가 하는 것 그것뿐입니다.

《중편조동오위》와 혜심 선사의 《선문염송》, 이것이 어떻게 서로 깊은 관련을 갖는 것인지 문제입니다. 혜심 선사가 《선문염송》을 편성한 것이 1226년입니다. 이때 일연 스님이 스무 살입니다. 그리고 혜심 스님이 입적入寂하신 해가 1234년입니다. 기억하기도 좋습니다. 입적하신 해에 일연 스님은 스물여덟 살이었습니다. 그러니까 연령 차가 꽤 벌어집니다. 그런데 《삼국유사三國遺事》를 보면 혜심 스님과 일연 스님이 서로 왕래가 있었다는 사실이 기록으로 나옵니다.

그리고 일연 스님이 쓰신 《중편조동오위》 서문을 보면 그것이 1260년인데, 송광사 3세 사주가 되는 소융小融 화상 몽여夢如 스님과 의견을 나눈 이야기가 나옵니다. 소융 화상과 주고받은 그 내용은, 혜심 선사와의 경우도 그렇습니다만, 이 《중편조동오위》 서문에 이르기를, 고려 중엽 그 당시 고려불교가 이래서는 안 될 텐데, 원래 선불교禪佛敎라는 것이 이런 것이 아니었었는데, 그런 개탄을 하고 계십니다. 만나면 이래서는 안 될 텐데, 원래 선불교가 이런 것이 아니었었는데, 한탄의 소리였습니다. 이것은 그 옛날 혜심 선사의 경우도 그랬거니와 지눌 보조 국사普照國師의 경우도 마찬가지입니다. 원래 우리나라 불교가 이래서는 안 될 텐데, 항상 이런 개탄을 새겼습니다.

그것을 끝내 하나의 저술 형태로 남긴 것이 혜심 선사의 경우 《선문염송》 30권이고, 일연 스님의 경우 《중편조동오위》 앞뒤 두 권입니다. 그러니까 승려로서 혜심 선사나 일연 스님을 놓고 볼 때 어떤 의미에서 《삼국유사》보다 더 중요한 책입니다. 일연 스님의 경우를 놓고 볼 때 《삼국유사》보다 이 《중편조동오위》가 더 간

절합니다. 그 어떤 사명감에서, 어쩔 수 없이 이 책을 남기지 않으면 아니 될 만큼 절박한 상태에서 이 《중편조동오위》라는 책을 남긴 것입니다. 그만큼 중요한 것입니다.

원래 이 나라가 되어가는 꼴이 이래서는 안 될 텐데, 원래 신라 선불교라는 것이 이런 것이 아니었었는데 하고서 개탄한 나머지 저술로 남긴 것이 이 《중편조동오위》인 것입니다. 먼저 이 《선문염송》이라는 것이 어떠한 의미를 갖는 것인가, 또는 그 당시 중국이나 고려 우리나라에서 전하는 선불교와 어떤 점을 바로잡으려고 노력하였나 하는 문제, 이것을 여기서 잠깐 다루어 보려고 합니다.

그동안 서울에서 몇몇 불교를 아는 사람들에게 물어보았습니다. 우리나라 선불교 역사에 대해서 좀 참고할 만한 무슨 연구가 있는가? 대답은 없다는 것이었습니다.

중국에 소위 오전五傳이라는 게 있지요. 1004년에 《경덕전등록景德傳燈錄》이라는 것이, 그 다음 1036년에 《천성광등록天聖廣燈錄》, 그 다음 세 번째가 1101년, 이 해가 의천義天 스님이 돌아가신 해인데 《건중정국속등록建中靖國續燈錄》이, 네 번째로 1183년 송宋나라가 남쪽으로 쫓겨간 그 뒤의 일인데 《연등회요聯燈會要》, 다섯 번째가 1201년 《가태보등록嘉泰普燈錄》, 1252년에 《오등회원五燈會元》이라는 책이 나옵니다. 모두 30권입니다. 이것도 저것도 모두 30권입니다.

그런데 이 다섯 가지 등燈을 남송南宋 때 보제普濟라는 스님이 합쳐서 《회원會元》을 만듭니다. 이 30권을 다섯 번을 합치면 150권이 되는데, 150권을 여기서 30권으로 만듭니다. 그래서 아주 편리하게 됐습니다. 이 오등(육등입니다만)에서 우리가 가장 자주 인용하는 것이 《경덕전등록》이고, 그리고 《오등회원》이라는 것을 여러분들이 잘 아실 줄 압니다.

혜심 선사의 그 《선문염송》은 아주 특출합니다. 거기서 나오는 고유명사가 여기 오등五燈에 나오는 것과는 다릅니다. 또 그 게제 偈諦가 다릅니다. 무엇보다도 그 고유명사, 이름 호칭이 다르다는 것, 이것은 심상한 문제가 아닙니다. 보통 이야기가 아닙니다. 그것이 30권입니다. 그리고 《중편조동오위》는 1260년에 나옵니다. 이것은 2권짜리입니다. 이 《오등회원》과 《중편조동오위》와는 한 8년밖에 안 됩니다. 거의 동시대의 것입니다.

그리고 《선문염송》은 이 《오등회원》보다도 한 25년 앞섭니다. 그런데 이 두 책이 모두 중국에서 북송 남송 때 만들어진 등사燈 史의 총 결산이라고 하는 《오등》과 그 호칭이 달라요. 이것이 심상한 문제가 아닙니다. 무엇이 다른가 몇 가지 예를 들겠습니다.

《선문염송》을 보면 "운문고雲門杲가 이렇게 말했다"라며 수십 번 나옵니다. 그런데 중국의 다섯 가지 등사에서는 운문고라는 말이 나오지 않습니다. 이것이 누구를 호칭한 말인가 하면 여러분이 잘 아시는 대혜종고大慧宗杲입니다. 대혜종고를 오등이 모두 똑같이 대혜종고라 했습니다. 《벽암록碧巖錄》(1111), 그 뒤 《무문관無門關》, 《종용록從容錄》 등에서 운문종고雲門宗杲라는 말이 사용되지 않는데 어떻게 《선문염송》에서는 수십 차례 운문고, 운문고 하고 있습니다. 이것은 그 당시 혜심 스님이 사용하시던 자료가 원천적으로 중국과 달랐다는 것을 의미합니다.

또 이런 것이 나옵니다. 천복회. 이게 《선문염송》에 나옵니다. 중국전등사中國傳燈史 어느 책을 뒤져보아도 천복회라는 인물이 나오지 않습니다. 나는 한참 고심했습니다. 도대체 이것이 누구인가? 그런데 가만히 보니 천복회가 대화한 선배가 금산달관金山達觀이고 앞뒤 그 화제, 화두話頭를 살펴볼 때 다름 아닌 천의회天衣懷라는 사실을 알아냈습니다. 중국전등사 어느 책을 보든지 천의회로 나오지 천복회로 나온 사실이 없습니다. 이것도 《선문염송》에서 이용한 자료라는 것이 그 당시 중국의 것과는 온통 다른 것이었다는 것, 그것을 짐작하게 합니다.

또 이 《선문염송》, 그리고 일연의 《중편조동오위》에서도 대양해大陽楷라는 사람이 여러 번 중요한 인물로 등장합니다. 조동종의 중흥격重興格으로 조동종을 다시 일으킨 선승으로서 대양해가 나옵니다. 그런데 이 오등 내지 육등에서는 대양해가 꼭 한 번 나

옵니다. 그것이 어느 때인가 하면 유백惟白의 《건중정국속등록》
여기서 한 번 나옵니다. 그리고 이 뒤 계속해서 중국의 어떤 전등
록에서도 대양해는 부용해芙蓉楷로 나옵니다.

부용해는 도해道楷지요. 그 도해가 3~4년 동안 지금 중국 호북
성湖北省 대양산大陽山에서 머물러 있었습니다. 그러고서는 이어
개봉開封의 춘녕사로 가고 산동성 부용사芙蓉寺로 옮겨서 거기서
종신終身합니다. 그러니까 대양도해가 대양산에 머물러 있었던
것은 잠깐 한 4년 정도밖에 안됩니다. 그런데 어떻게 《선문염송》
이나 《중편조동오위》에서는 대양해로만 나오는가.

이것이 그 당시 이 송광사에서 수집하고 자료로 하던 그 자료
가 대양해로 기록되어 있었기 때문입니다. 중국과는 다른 것이었
습니다. 한 발 더 내딛자면 중국 것보다 더 훨씬 원천적인 기본자
료를 송광사에서 풍부하게 가지고 있었다는 것, 그것을 증거하는
것입니다.

그밖에 또 많이 있습니다. 가령 《선문염송》 스물한 째 권을 보
면 선종사에서 깜짝 놀랄 하나의 새로운 사실이 나옵니다. 그런데
그 동안 아무도 이 책을 들여다 본 사람이 없었던 것 같습니다. 그
것이 무엇이냐 하면, 여러분 《십현담十玄談》이라는 것 있지요, 선
종사에서 아주 중요한 책이지요. 《십현담》의 저자가 동안상찰同安
常察입니다.

중국에서 전하는 전등사에서는 동안상찰로 말하자면, 약산藥山이 있고 약산 밑에서 가령 운암雲岩, 도오道悟 두 형제가 있었는데 운암 밑에 동산洞山이 나오고 동산 밑에 이제 운거雲居가 나오고 운거 밑에 동안비同安丕가 나오고 동안비 밑에 동안지同安志가 나옵니다. 동안비가 석상경제石霜慶濟 밑에서 공부했지요. 석상경제 밑에 구봉도건九峰道虔이 나오고 구봉도건 아래 동안찰同安察이 나옵니다.

이 동안찰이《십현담》을 지었습니다. 조동오위에서 아주 중요한 저술입니다. 그런데 나중에 법안문익法眼文益이《십현담》의 주註를 냈고 그리고 우리나라 김시습金時習이 또《십현담》의 주를 냅니다.《십현담》이 이렇게 중요한 책입니다.

그런데 중국에 전해 내려온 북송 이래 교과서에서는 모두 동안상찰을 이 도오道悟 - 석상石霜 - 구봉九峰 이렇게 내려오는 것으로 압니다. 그리고 이 운암雲岩 아래 동산洞山 - 운거雲居 - 동안비同安丕 - 동안지同安志 - 양산관梁山觀입니다. 이 양산관이 하마터면 사라질 뻔했던 조동 종지曹洞 宗志를 되살리는 최초의 인물이 됩니다. 양산관 아래 아까 말한 경현警玄이 나오고 경현 아래 투자의청投子義靑이 나오고 투자의청 아래 대양해大陽楷가 나옵니다. 그러니까 조동종이 거의 사라질 뻔했는데, 여기서 완전히 조동종은 멸망하는가 싶었는데 이렇게 해서 운거 - 동안비 - 동

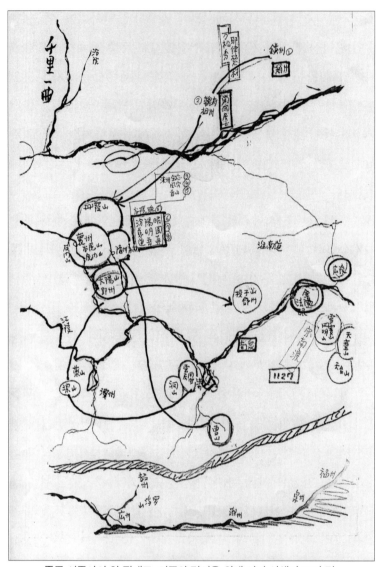

중국 선종사의 한 전개도. 연구와 강연을 위해 서여 선생이 그린 것.

안지 아래로 양산관이 나와서 이제 그 아래 대양경현大陽警玄이나 투자의청이나 대양해가 나와서 지금 호북성에서 양자강揚子江에서 조동종을 중흥시킵니다.

이 양산관이 바로 동안비 – 동안지의 계통 · 법통이 아니고 동안상찰의 제자로 나옵니다. 족보가 뒤틀린 것이지요. 가만히 보면 이것이 훨씬 사리에 맞습니다.

약산藥山으로부터 내려오는 이 계통은 다음 시간에 이야기하겠습니다만, 사실은 오늘의 주제가 되는 이류중행異類中行이라든지 피모대각被毛戴角이라든지 여기에 비판적인 위치에 선 사람들입니다. 이류중행을 냉소적으로 방관하던 사람들입니다. 그에 반해서 이 도오 계통은 여기서 적극적으로 이류중행론을 받아들인 측입니다. 이렇게 양쪽으로 갈라져요. 이 이류중행을 가지고 볼 때 운거 계통이 사리에 맞는 것입니다.

그리고 중국 선종사에서, 또는 일본에서 그렇게 야단스럽게, 가령 우이 하쿠주 교수가 《선사상사연구禪思想史研究》 3권을 저술했지요, 모두 저쪽 계통으로 보았지요. 그런데 말이 걸작입니다. 이 운거 – 동안비 – 동안지에 와서는 조동종 사상에서 그렇게 볼 일이 없었다, 그런 정도로 아주 저조했었다 합니다. 사실은 그런 것이 아니지요. 여기는 거기를 거부하는 측이었는데 도오 – 석상 – 구봉 – 동안찰 – 양산관 이렇게 내려옴으로써 그 중흥의 발단이 되었습니다.

우리나라에서는 고사하고 일본에서도 조동종 · 선종사를 연구하는 사람들이 이 《선문염송》을 한 번이라도 읽어 보았다면 여기에 착목着目을 했어야 하는데, 아무도 그렇게 하지 않았다는 것이 안타깝습니다. 여기서 《선문염송》 또는 《중편조동오위》, 그리고 그 분들이 이 송광사를 중심으로 해서 확보하고 있었던 기본 자료라는 것이 중국이나 일본에서 전해 내려오던 그 당시 자료보다 월등 직접적이고 원천적이고 풍부한 기본자료였습니다. 그런 것을 알고서 이런 저술이 나올 수 있었던 것입니다. 그렇게 단정해서 의심치 않는 것입니다. 이에 관해서는 좀 더 이야기가 많습니다만 생략하겠습니다.

《선문염송》이나 《중편조동오위》, 또는 좀 방향이 다릅니다만 《인천안목人天眼目》이라는 책이 있지요. 고려조 때 여러 번 간행되었던 책인데 지금까지 동국대학교에서 보관하여 오던 것이 원元나라 지정至正 연간이어서 가장 오래된 것일 줄 알았었는데, 사실 연세대학교에는 그보다 더 앞선 고려본 《인천안목》 한 질이 있습니다. 언젠가 발표될 줄 압니다.

《인천안목》은 일연 스님 당시의 책이지요. 그 《인천안목》을 보면 도대체 중국선종사에서 6조六祖 혜능慧能이 있고 그 아래 남악南岳과 청원靑原이 있고 청원 아래 석두石頭 이렇게 내려가고, 그리고 남악 아래 마조馬祖 - 백장百丈 · 남전南泉 이렇게 쭉 그 족보가 정해져 있지요. 이것도 달라요. 전혀 달라요. 고려조에 많이 읽히던 《인천안목》을 보면 이 계보가 전혀 달라요.

가령 5종宗 중에 보면 임제종臨濟宗 · 위앙종潙仰宗 · 운문종雲門宗 · 법안종法眼宗 등이 전부 마조 계통입니다. 전부 마조 계통으로 나와요. 그리고 조동종 하나만이 석두石頭 - 약산藥山 계통으로 나옵니다. 아시겠어요? 5종이 모두 마조 자손이고 조동종 하나만이 마조 계통이 아닌 석두 - 약산 계통으로 되어 있습니다. 이것이 고려조 때 가장 많이 읽히던 《인천안목》의 핵심 부분에서 분명하게 그렇게 나옵니다. 서산西山 대사의 《선가귀감禪家龜鑑》에서도 5종의 계열에 관하여 그렇게 나와 있습니다.

모든 불교사에서 백이면 백이 모두 5종 중에 임제와 위앙만이 마조 계열이고, 그리고 운문과 법안과 조동 셋이 어떻게 해서 석두 계통으로 갈라지게 됩니다. 지금 모두 그렇게 배우고 있지요? 여러분의 교과서에도 그렇게 되어 있지요? 우리나라 일연 스님 당시로부터 조선조 중기까지 5종 중에 네 가지가 마조 계통이고 하나만이 석두 계통인데, 어떻게 이렇게 족보가 모두 김가가 박가가 되고 최가가 이가가 되는 등 성이 바뀌어져 버리게 되었는가? 나는 이것을 가만히 생각해 볼 때 이것이 일본의 영향이라고 보고 있습니다.

일본의 것은 중국 것과 같거든요. 그런데 신라·고려에서는 전혀 다른 계통으로 봅니다. 우리나라 근자 해방 이후 많은 불도들이 일본에 유학을 가서 고마자와 대학駒澤大學 등에서 공부해서 온전한 학업을 낸 이도 있습니다만, 내가 한탄하는 것은 모두가 그 보따리 장사 하는 것, 일본에서 해 놓은 것을 그냥 그대로 가져오는 것입니다. 그래서 고려-조선조 중기까지 내려오던 이 5종의 분파에 관한 기본은 송두리째 그냥 김가가 박가가 되고 박가가 최가가 되고 바꾸어져 버린 것이 아닌가, 나는 그렇게 보고 있습니다.

지금까지의 이야기를 다시 정리하면, 이 혜심 선사의 《선문염송》 그리고 그 당시 일연의 《중편조동오위》는 지눌 보조 국사 이래 뜻있는 선사禪師들이 나라 되어가는 꼴을 보고, 그리고 불교계가 되어가는 꼴을 보고 이것이 이렇게 되어서는 안 될 텐데, 원래 신라의 불교는 이런 것이 아니었었는데, 원래 당唐나라 때의 불교는 이런 것이 아니었었는데 하고 한탄한 것이었습니다.

그리고 그 당시 중국보다는 더 왕성하게 원자료를 수집해서 모아놓은 그 자료를 가지고 서술해 간 것이 《선문염송》이요, 《중편조동오위》였습니다. 중국에서는 아까 말한 그 오등전에서 《경덕전등록》은 그 중에 제일 나은 책이고 그 다음에 둘째·셋째·넷째 등 전등사가 꾸며진 경위를 보면 한심스러운 경우가 많아요.

이제 다시 《중편조동오위》 문제에 초점을 맞추겠습니다. 《중편조동오위》로 돌아가 보면 이류중행異類中行이라는 말이 18번 나옵니다. 그리고 같은 소식을 전하는 것인데, 피모대각被毛戴角이라는 말이 13번 나옵니다. 모두 해서 31번입니다. 근자 미국에서 공부하고 돌아온 사람이 전하는 것으로 소위 구조론構造論이라는 것이 있습니다. 이 한 가지 숫자에서도 《중편조동오위》에서 이류중행이라는 것이 얼마만큼 중요한 가치를 지니고 있는가를 알려주는 신호라고도 볼 수 있습니다.

그런데 아주 중요한 일은 《선문염송》보다 100여 년 앞선 중국의 《벽암록》에 이류중행이라는 말이 한 번도 안 나옵니다. 이것이 큰 문제입니다. 피모대각이라는 말도 한 번도 안 나옵니다. 내가 일부러 한번 조사해 보았더니 그뿐만 아니고 피모대각이라는 말을 먼저 시작한 조산본적曹山本寂의 이름도 나오지 않습니다. 물론 《벽암록》으로 말하자면 선문禪門 제1서로 모든 선승들이 제일 먼저 공부하는 책으로 되어 있습니다. 그만큼 유명한 책입니다. 여기에서 이류중행이나 피모대각이라는 말이 한 번도 안 나와요. 아예 그런 것은 제쳐놓고 있습니다.

《선문염송》에는 이류중행·피모대각·조산본적이라는 말이 몇 번이나 나오는지 그것 한번 조사해 볼 만해요. 기실 압도적인 숫자로 나옵니다. 이것은 예사 일이 아닙니다. 《벽암록》의 중심

과제가 무엇이었던가, 혜심 선사의 《선문염송》의 중심 과제가 무엇이었던가 여기서 확연히 드러납니다.

《벽암록》 다음에 《무문관無門關》 48집 여기서도 이류중행이나 피모대각은 한 번도 안 나옵니다. 그 뒤 곧 이어서 조동종의 《종용록從容錄》이 나오는데 여기서도 이류중행이 안 나옵니다. 나옴직한데 안 나옵니다. 피모대각이라는 말도 안 나옵니다. 그런데 고려 혜심 선사의 《선문염송》이나 일연 스님의 《중편조동오위》를 보면 압도적으로 표면에 나오는 것이 이류중행이고 피모대각입니다.

중국에서는 북송 이래 그 조류에 따라서 그때그때 사상의 전개됨에 따라 하나는 희생시키고 하나는 들추고 합니다. 그래서 어쩌다 보면 피모대각의 남전南泉이라든가 조산본적의 이류중행 사상은 제쳐놓고 다른 것을 제창해 나갈 수 있습니다. 사상이라는 것은 자꾸 변천하는 것이니까 있을 수 있는 일입니다. 그리고 중국의 것을 그대로 배워간 일본의 선승, 임제종臨濟宗이나 또는 조동종曹洞宗 등에서 역시 중국 것을 본따서 그럴 수 있습니다. 일본 불교에서도 이류중행이나 피모대각이 문제된 적이 없습니다.

그런데 고려 중엽 혜심 선사의 《선문염송》과 일연 스님의 《중편조동오위》에서 이렇게 압도적으로 나오는 이류중행과 피모대각, 이것은 그 당시 고려 선불교의 중심이 《벽암록》이나 《무문관》

과는 다른 세계에서 전개된 것임을 말하는 것입니다. 다른 사상체계입니다. 그런데 어쩌다가 그만 고려 말, 조선 초에 어떻게 되다가 그것을 까맣게 잊어버리고 그 당시 중국에 있는 것을 그냥 그대로 받아들입니다. 이왕에 천 년 가까이 신라·고려를 전해 내려오던 고려 독자의 불교·사상체계는 다 내동댕이쳐 버리고 맙니다. 그렇게 만들어진 것이 서산 대사의《선가귀감》을 위시한 몇 가지 책들입니다. 그러니까 우리나라 불교는 어떻게 하다가 그냥 자기 자신도 정신을 못 차린 사이에 성姓을 바꿔버린 셈이지요.

다음 시간에는 이류중행이란 무엇인가, 피모대각이란 무엇인가 알아보겠습니다. 이 이류중행과 피모대각을 일연 스님이 제창하면서 경초선莖草禪이라는 동서고금 역사상 꼭 한 번 있었던 외침이 나옵니다. 일연 스님의《중편조동오위》서문에서 처음으로 한 번 나옵니다. 그러면 일연 스님이 말씀하신 경초선이란 무엇인가? 피모대각이란 무엇을 말하는 것인가? 이류중행이란 무엇을 말하는가? 이것을 다음 시간에 살펴보겠습니다.

남전南泉에게서 이류중행이라는 말이 시작되었습니다. '평상심시도야平常心是道也'는 마조馬祖에게서 시작되었고요. 이류중행이라는 명제는 남전에서 시작된 것입니다. 그것은 남전의 제자 조주趙州가 있지요, 그리고 장사경잠長沙景岑, 이들의 어록語錄을 통해서 이 이류중행이라는 말이 남전에게서 시작된 말이라는 것을 우리가 역력히 알 수 있습니다. 《조주록趙州錄》이나 장사경잠의 행적을 보면 그들의 선생이던 남전이 '사문수행이류중행沙門須行異類中行,' 사문은 모름지기 이류중행의 길을 걸어야 한다는 것을 여러 번 이야기하고 있습니다.

그런데 여기 언제나 마조와 대조되는 인물이 있습니다. 석두희천石頭希遷입니다. 석두희천의 제자에 약산藥山이 나오고 약산 제자에 운암雲岩, 운암 제자에 동산洞山, 동산 제자에 운거雲居, 그리고 전 시간에 이야기가 나왔습니다만 동안비·동안지 그리고 양산梁山, 그 다음으로 대양경현이라든지 투자의청, 그리고 대양해(중국의 일반 선종사에서는 부용해입니다), 그리고 다른 하나가 도오道悟지요.

여러분, 이 관계는 전부 외우고 있어야 합니다. 그래야 무엇을 읽을 때 가닥을 잡을 수 있습니다. 이것은 전부 외워야 합니다. 도오 아래 석상경제石霜慶諸, 석상 아래 구봉九峰, 그리고 구봉 아래 문제의 동안찰同安察이 나옵니다.

고려 혜심의 《선문염송》에서는 이 동안찰이 사실은 이 계통이 아니고 운거의 제자이고, 운거의 제자에 동안비-동안지로 이어가는 것이 아니고 이 동안비·동안지·동안찰은 모두 같은 형제처럼 동형제 간이고, 동안찰의 밑에서 양산이 이어져 가는 것으로 되어 있습니다. 그런데 백장百丈 아래 황벽黃檗이 나오고, 또 저

유명한 위산潙山 – 앙산仰山이 이어져 갑니다.

여기에 일부러 파초혜청芭蕉慧淸을 적는 것은 그가 신라승新羅僧이기 때문입니다. 여러분 이 시간에 특히 파초혜청을 기억해 두시기 바랍니다. 왜냐하면 지금까지 일반 선종사에서 알아오기를 위앙종潙仰宗은 위산 – 앙산 하고 몇 대 안 가서 소멸해 버린 것이라 합니다만, 그것이 가장 먼저 생겨나서 가장 먼저 소멸한 것으로 알고 있는데, 사실은 그렇지 않습니다.

이 파초혜청이라는 신라승이 이 남탑南塔에서 위앙종을 이어가지고 강서江西에서 멀리 호북성湖北省 영주郢州 대양산大陽山이라는 데로 옮겨가서 거기서 자손이 아주 번성했습니다. 4대, 5대로 자손이 수십 명으로 번창했습니다. 결코 위앙종이 앙산에서 멈춰진 것이 아닙니다. 그래서 신라 파초혜청으로 인해서 위앙종은 뒤에 두고두고 다른 종파와 마찬가지로 호북성에서 대를 잇고 번성해 있습니다. 그것을 이 시간에 특히 여러분이 기억해 주시기 바랍니다.

신라승으로 중국에 가서 큰 업적을 남긴 이로 지금까지 교종敎宗은 말고 선종에서 정중무상淨衆無相과 또 안휘성安徽省 구화산九華山의 김교각金喬覺이 있어 온 천하가 다 알게 되었습니다(2~3년래 신문 지상에 많이 떠들어서 여러분들 잘 아시겠지요. 중국의 4대 도량 중의 지장도량地藏道場을 사실은 신라승 김교각이 만든 것입니다). 그러나 이 시간에 내가 깊이 여러분에게 기억을 요청하는 것은 이 파초혜청이라는 신라승입니다. 이 분이 뒤에 두고두고 위앙종을 계승해 나갑니다.

이 밖에 또 한 분, 의심나는 분이 있습니다. 그 분에 대해서는 오늘 말씀드리지 않겠습니다. 남전에서 이류중행이 시작되어서 그것이 장사경잠과 조주종념으로 이어져 갑니다. 그런데 여기서 더 내려가지 않습니다. 이상한 것은 그것이 도오 – 석상 – 구봉 해 가지고 동안찰에서 꽃피운 것입니다.

그러고 나서 훨씬 뛰어서 서력 958년에 입적한 법안이 동안찰의 《십현담》을 주註한 사실이 벌어집니다. 그러니까 사문행沙門行의 한 범주로서의 이류중행 사상은 마조의 제자에게서 시작해서 조주 · 장사로 내려가고 이것이 또 위산으로 활발하게 계승됩니다. 그리고 나중에 약산의 제자인 도오 – 석상 – 구봉 여기서 꽃을 피웁니다. 이런 인연입니다. 그리고 서력 10세기 중반 법안에 와서 《십현담》이 꽃 피웁니다.

전체에 대해 약간 이야기를 비추었습니다만, 남전의 이류중행은 퍽 과격한 사상이지요. 좀 정규를 벗어난 사상이지요. 그때 약산은 좀 냉소라 할까, 방관이라 할까요. 약산의 행적을 보면 같은 시대의 인물로 남전의 이류중행 사상을 그렇게 탐탁하게 여기지 않았던 것 같습니다. 여러 가지 어록 중에 나옵니다. 이때는 아직 종파 간의 일이 거의 없었다고 해서 좋을 시절이었습니다. 서로 왕래가 있었지요. 운암 같은 사람은 백장百丈 밑에서 20년 있다가 나중에 약산藥山의 법사法嗣가 되거든요. 동산洞山도 부지런히 저 쪽으로 왕래합니다. 그런 관계에 있었던 것입니다.

그래서 약산이 어떻게 남전의 이류중행 사상에 대하여 비판적이었던가 하는 것은 가령 이런 어록에 나옵니다. 어떤 운수승雲水僧이 이제 가령 해인사에서 한 때, 또 송광사에 가서 한때 이렇게 운수로 돌아다니지 않습니까? 이제 한 중이, 내 지금 이름을 기억하지 못하겠습니다만, 약산을 찾아옵니다. "어디서 오는 길인가?" "남전에서 오는 길입니다." "얼마 동안 거기 있었나?" "한 6개월 동안 있었습니다." "그래? 그럼 뿌사리가 거의 다 되었겠군!" 아시겠습니까? '황소가 거의 다 되었겠군'이라는 말입니다.

이것은 남전의 이류중행 사상을 비판하는 말입니다. 남전이 항상 하는 말이 그것이었으니까요. "너희들은 모든 백성들을 위해서 단가檀家들을 위해서 소가 되고 말이 되어라." 입만 열면 그 말을 하였던 것입니다. "그렇게 봉사해라, 네 몸을 낮춰라." 그런 것이 남전이 하는 말씨였으니까 약산이 그것을 빗댄 말입니다. 운수로서는 남전에 있다 왔다 하니까 그러면 너는 뿌사리가 다 되었겠구나, 비판하는 말입니다.

이것은 운암에게서도 마찬가지입니다. 운암이 이 백장 아래서

20년 동안 있었다면 벌써 위산을 비롯해서 남전의 이류중행 사상이 몸에 배도록 익혀 있었을 것입니다. 이것은 그가 여기에 동조하지 않았기 때문입니다. 나이가 한 십여 년 떨어집니다. 그런데 중이 된 것은 운암이 먼저였었기 때문에 속세 인연으로는 아우이지만 법의 세계에서는 운암이 형이고 도오가 아우가 되는 그런 관계가 생깁니다.

백장 아래 20년 동안 있었던 것을 이리로 끌고 온 사람이 도오입니다. 여기에 이상한 사상의 갈등이랄까 무슨 이상한 것이 거기에 있었던 것을 어렴풋이 짐작할 수 있습니다. 도오 아래 석상 - 구봉, 여기서 오히려 약산 - 운암 - 동산과는 별도로 이보다는 남전 - 조주 사상에 약간 동조적인 그런 태도를 취했던 것으로 짐작됩니다.

(중국 지도를 칠판에 그리면서) 여기에 홍주洪州의 마조馬祖입니다. 여기 예주澧州라는 데 약산藥山이 있었습니다. 일전에 해인사에서 낸《벽암록》의 귀중한 번역서가 나온 것을 보니까 거기에 약산의 예주澧州를 풍주라 했어요. 이것은 풍자가 아니고 예자입니다. 일본에서도 근자에 잘못을 비로소 알아차리고 예자로 읽는데, 우리나라에서는 아주 풍자로 알아오고 있습니다. 그것을 알아두시기 바랍니다.

남전은 여기에 있습니다. 아까 말씀드린 구화산이 이 곁에 있습니다. 남전이 입적한 것이 835년, 그리고 운암이 841년 입적합니다. 연대를 이렇게 기록하는 것은 의미가 있어서 그렇습니다.

그런데 조주-장사에서, 지금까지 선종사에서는 남전보다 이 조주가 더 유명해서 그저 황벽의 제자인 임제와 조주를 가장 많이 읽고 있습니다만, 그 조주가 워낙 유명해지다 보니까 이 장사는 그만 그 그늘에 가려져 존재가 없는 것처럼 보입니다. 그러나 사실은 선종사 상에서 이 장사경잠처럼 빛나는 존재가 없습니다. 지금까지 장사경잠을 잘 몰라왔습니다만 앞으로 이 장사경잠에 대해서는 우리가 좀 더 거기에 초점을 맞추어서 공부해야 될 줄로 알고 있습니다.

어떻게 여기서부터 그만 그 뒤가 없는데, 그것이 동안찰로 내려옵니다. 그리고 천황도오天皇道悟 계통에 법안法眼이 나와서 이것이 다시 꽃을 피웁니다. 그 뒤는 중국에서 이류중행을 논한 사람이 없습니다. 중국에서 없어요.

그런데 남전의 제자에 두 사람이 있는데 장사가 역사를 하던 데가 운암과 같은 곳입니다. 위산潙山도 여기입니다. 지금 호남성湖南省에 담주潭州라는 곳이지요. 오늘날 장사長沙입니다. 그리고 이 장사경잠도 역시 여기서입니다. 지금의 모택동毛澤東의 고향이 여기 장사지요. 이 시간 끝에 이 장사경잠에 대해서 다시 이야기하도록 하겠습니다.

장사경잠은 여기에 한때 녹원사라는 데서 머물러 있다가(이 녹원사가 지금 어디인지 알 길이 없습니다) 절을 뛰쳐나와서 평생을 돌아다니면서 마치 기독교의 세례 요한처럼 광야의 외로운 외침 소리로 밑으로 돌아다니며 이류중행 사상을 퍼뜨립니다. 그리고 아마 여기 양산梁山이 나오지요? 예주가 바로 양산입니다. 당말唐末에 양산이라 하던 것을 북송北宋 때 와서 영주郢州라고 고쳐 불렀습니다. 이것들이 다 같은 이름들입니다. 역시 약산과 같은 여기서 자신의 사상을 폅니다.

아, 그리고 여기가 동산입니다. 강서성江西省 동산입니다. 동안찰·동안비는 여기 이렇게 삼각형을 이루는 동안이라는 데입니다. 이 동산 아래가 조산曹山, 우리가 주목해야 할 조산본적曹山本寂이 여기에서 나옵니다.

내가 볼 때 아주 이상해요. 아직도 큰 의문점으로 남아 있는 것이, 이 동산과 조산적은 서로 숨겨 놓은 사제관계가 아닌 것 같아요. 왜냐하면 조산본적이 외치는 사상이 동산의 것과는 너무도 다르거든요. 너무도 달라요. 오히려 동산은 이 운거雲居 이쪽으로 내려가거든요. 그것은 어느 점에서 동산 역시 약산과 마찬가지로 이류중행에서 방관적이고 냉소적입니다. 운거도 그랬습니다.

그런데 남전-장사의 이류중행에 적극적으로 가담한 사람이 이 조산본적입니다. 이 점에서 보면 동산 아래 조산본적이 이 사자관계로 이어질까, 이것을 내가 퍽 의심으로 현재 가지고 있습니다. 앞으로 이 문제는 더 연구해야 될 줄로 압니다.

동산은 결코 이류중행에 동조하지 않았습니다. 그런데 이류중행 사상을 한 걸음 더 앞으로 나아가서 확장시키고 적극적으로 이 운동을 편 것이 바로 이 조산본적입니다. 나는 이것을 퍽 이상스럽게 생각하고 있습니다.

이류중행을 피모대각이라는 말로 또 표현하는데, 그 소를 갖다 털을 뒤집어쓰고 뿔을 인 것으로 표현한 것입니다. 현재까지 내 생각으로는 일찍이 조주도 피모대각이라는 말을 사용한 적이 없어요. 또 위산도, 앙산도 피모대각을 사용한 적이 없습니다. 그런데 이 조산의 어록, 행적에서 이 피모대각이라는 말이 자주 나옵니다. 이류중행을 번역해서, 말을 바꾸어서 피모대각이라 합니다. 이것이 조산본적입니다.

동산과 본적은 향방이 다른데 어떻게 사자관계로 이어지는가? 나는 이것을 큰 의심 덩어리로 현재 가지고 있습니다. 이 피모대각이든 이류중행이든 이것은 아까 말씀드렸습니다만, 남전이 자나깨나 제자들에게 "소가 되어라, 말이 되어라" 하고, 무언가 보답을 받을 생각일랑 말고 무조건 남을 위해 봉사하라 가르친 것입니다. 남전이 입적할 때 그 제자가 남전이 평생 외치던 것을 말합니다.

그런 것을 종교宗敎라고 하지요? 요새는 종교라고 하면 서양의 religion을 말하지요? 그런데 어록語錄에 나오는 종교, 이것이 심심찮게 나옵니다만, 그것은 religion이라는 말이 아니고 무상명제無上命題, 무상보리無上菩提, 그 가장 중요한 것을 종교라 합니다.

이런 학술용어의 내력을 따져보면 우스운 것이 많아요. 명치明治 5년 때인가 일본의 문화계를 지도하는 사람들이 영어사전, 그 몇 십 페이지 안 되는 것을 만들었습니다. 그 형이상학적인 술어는 모두 불교에서 빌려 왔어요. 아이디어idea를 관념觀念이라 하지요? 관념이라는 말은 본래 불교용어입니다. 마음속으로 아미타불을 염념念念하고 또 약사불을 관觀하는 그것이 관념입니다. 서양의 아이디어를 번역할 때 붓방아를 찧다가 '아! 관념이다'라고 잡았던 것이지요. 그 다음부터 서양의 아이디얼리즘idealism 하면 관념주의, 그렇게 되어버렸습니다. 명치 5년 때 일입니다.

그때 그 번역 사업에 참여했던 사람들 누구누구 다 기록에 나와 있습니다. 그때 서양의 religion이 있단 말입니다. 자, 이걸 어떻게 번역해야 할 것인가 야단났거든요. 동양에 없는 말이거든요. religion은 서양 라틴 - 그리스에서 원래 회귀回歸, 본래 자체로 돌아간다는 것, 그런 뜻이 있다고 합니다만, 나는 그 자세한 것은 모르겠습니다.

이 religion이라는 것을 어떻게 번역해야 할까 고심 끝에 종교라는 것을 갖다 대었다는 것입니다. 그 다음부터는 일본·우리나라에서는 물론 중국까지도 religion 할 때 종교라고 갖다 붙입니다. 그런데 사실 종교는 그 이전 선가어록禪家語錄에서 보면 religion 이라는 뜻은 조금도 없고, 종교라 하면 무상명제無上命題, 가령 남전의 경우에 입만 벌리면 "소가 되고 말이 되어라" 하는 이류중행, 이것이 남전의 경우에 종교거든요. 알겠어요?

남전의 경우 이것이 종교입니다. 또 장사경잠의 경우도, 장사경잠의 종교는 무엇이냐 하면 역시 이류중행입니다. "소가 되고 말이 되어라!" 이것이 종교입니다. 요사이 현대어로 번역하자면 그저 나는 그것을 무상명제라 하겠습니다. 나는 그렇게 번역하려고 합니다.

남전 스님이 열반하실 때 그 어록에 수좌首座라는 이가 나와요. 제자들 중 제일 우두머리로 꼽히는 제자가 남전더러 "큰스님 백년 후에 어디로 가시겠습니까?" 여쭙습니다. 지금 임종하는 분에게 "죽어서 어디로 가시겠습니까?" 그런 말은 못하거든요. 그러니까 한번 뛰어서 '백년 후에' 그렇게 간접적으로 표현한 것입니다.

이때부터 '백년 후'라는 말이 그만 한 용어가 되어버렸어요. '백년 후에'가 '죽은 후에'라는 말을 바꾸어 버렸습니다. "백년 후에 가실 곳이 어딥니까?" 물론 그 질문하는 사람도 그 대답을 뻔히 알고 있습니다. 왜냐하면 자기 선생 남전이 평생 하는 말이 "소가 되고 말이 되라!" 그랬으니까요. 그 제자들도 그 대답이 어떻게 나올 것을 뻔히 알고 그런 질문을 한 것이지요. 그러니까 일생을 총결산하는 마지막 한 마디 승부지요.

이때 남전의 대답이 "아, 나는 저 산 아래 어느 집 아무개 박 서방네 집 소가 되어 나오겠다." 질문하는 사람도 당연히 그 대답을 기대하고 질문하는 것이지요. 그 질문자가 "그러면 제가 큰스님 뒤를 따라가도 되겠습니까?" 하니까, 남전의 대답에 약간의 유머가 있습니다. "어? 오려면 그 풀이나 약간 좀 물고 오려무나." 그 유머가 멋이 있지요? 이것이 그 유명한 남전과 수좌의 이야기입니다.

남전과 마지막 대화를 나눈 이가 지금까지는 그저 조주려니 했는데, 나는 조주가 아니고 장사경잠과의 대화라고 그렇게 생각하고 있습니다. 그 뒤부터는 쭉 10세기까지 100여 년 동안 으레 노장스님이 돌아가실 때 그 제자와의 문답은 아주 이렇게 정석이 되어 나옵니다. 으레 제자는 "백년 후에 어디로 가시겠습니까?" 그렇게 질문합니다.

그러면 그 대답은 이제 거기에 상응해서 나오지요. 이것이 하나의 정석이 되었어요. 한 2백년이 못 되는 사이에, 그냥 큰스님이 돌아가실 때에는 그 수좌와의 문답이 있는데 "백년 후에 어디로 가시겠습니까?" "아, 나는 소가 되어 나오지." 그렇게 정석이 되었어요. 그런데 10세기가 지나고 11세기 그 뒤부터서는 이 사제 간의 문답이 싹 끊어져 없어집니다. 나오지도 않아요.

이 이류중행에 대해서 약간 비판적이던 동산이 역시 자기 스승인 운암이 입적할 때 또 그때의 유행으로 이 문답이 나옵니다. 같은 문답입니다만, 여기서는 약간 말을 바꾸어서 "백년 후에 스님의 초상을 어떻게 그려야 하겠습니까?" 합니다. 이것은 "스님의 사상을 어떻게 표현하여야 하겠습니까"를 하나의 현물적인 비유로 "초상을 그리려면 어떻게 그려야 하겠습니까"로 그렇게 말을 바꾸어서 한 것입니다. "백년 후에 가실 곳이 어디입니까"와 다같은 뜻입니다.

이때 운암의 대답이 의외로 나옵니다. 질문하는 사람에게는 상식적으로 으레 "소가 되고 말이 되겠다"로 그렇게 대답이 나와야 하는 것인데, 그렇게 대답이 나오지 않고 "네가 보는 그대로 나는 나제." '네가 지금 보고 있는 그대로 나는 나이다'라는 것입니다. 소가 되겠다는 말이 나오지 않습니다. 남전 – 장사 거기서부터 시작된 '소가 되겠다, 말이 되겠다' 하는 것을 거부하는 말입니다. 알겠어요?

"내가 왜 소가 돼? 나는 나지." 이것은 거부하는 말입니다. 그러니까 여기서 동산 – 운암 – 약산에게서 다른, 당시 일세를 풍미

하던 남전의 사상에 거부하는 태도가 나옵니다. "스님이 돌아가시면 그 사상을 어떻게 표현해야 되겠습니까, 초상을 어떻게 그려야 되겠습니까?" 하니까 대답이 "나는 나지, 네가 보는 그대로라." 이것은 '나는 운암 내 자신이고 결코 소나 말이 되지 않겠다'는 것으로 이류중행에 대한 거부로 보고 있습니다.

왜 내가 이 이야기를 장황하게 소개하느냐 하면, 사실은 다른 일이 있습니다. 일본에 우이 하쿠주(宇井百壽)라는 유명한 조동종 선종학자가 있습니다. 나도 그분에게서 3년 동안 중국불교사를 배웠습니다. 지금부터 한 60년 전 이야기입니다. 우이 하쿠주는 대단한 학자이지요. 근자에 《선종사》 3권이 나왔습니다. 내가 근자에 그것을 다시 읽으면서도 마음속으로 탄복하고 탄복했습니다.

의외의 대목이, 깜짝 놀랄 만한 대목 하나가 그 책 속에서 뛰쳐나왔습니다. 역시 동산양개洞山良价에 관한 장편의 논문을 썼는데, 제3 책에 나와 있습니다. 거기서 동산과 운암과의 '백년 후' 대화가 나옵니다. 그런데 우이 하쿠주가 무슨 말을 했는고 하면, 사람이 죽어 가는데 "갈 곳이 어디냐?" 묻는 것은 비상식적인 말이라는 것입니다.

깜짝 놀랐습니다. 여기서 일본 조동종과 혜심이나 일연 당시 선불교 사이에는 서로 건너지 못할 간격이 있었구나 하는 것을 느

껐습니다. 거기서부터 완전히 갈라져 버렸다 하는 것을 느꼈습니다. 아닌 게 아니라 우이 하쿠주의 그 방대한 양의 조동선종에 관한 논문들에는 한 마디 이류중행에 대해서, 또는 피모대각에 대해서 동정적인 어떤 한 예가 없습니다.

앞에서 《벽암록》에 이류중행 말 자체가 한 마디도 안 나오고 피모대각이라는 말도 안 나온다고 이야기했습니다. 일본의 조동종에서도 이류중행이나 피모대각에 대해서는 한 마디 동정적인 언사를 사용하지 않습니다. 여기서 신라·고려 당시 우리나라 조동선 불교와 일본에서 오늘날까지 내려오는 조동선을 위시한 그 선종에서 남전의 이류중행, 조주 또는 장사경잠의 일련의 그 사상이 일체 무시되어 버립니다.

오로지 신라·고려에서만 이류중행과 피모대각 사상이 혜심과 일연을 통해서 적극적으로, 그야말로 종교로 무상명제로 존속해 왔었다는 것을 느끼게 되었습니다. 이것은 아주 중요한 문제입니다.

이 지도 이야기를 좀 더 해야겠군요. 남전 여기서 이류중행 사상이 탄생합니다. 아까 이야기한 조산본적曹山本寂이 파양호鄱陽湖 남쪽 조산曹山입니다. 여기 이르기 전에 위산潙山·장사長沙에 이류중행 사상이 전합니다. 그래서 이것이 양산梁山, 여기까지 올라갑니다. 그리고는 나중에는 그 위로 올라가서 10세기, 11세기까지 거기서 맴돕니다. 양자강을 넘어서지 못했던 것 같아요.

이류중행 · 피모대각 사상에 관한 한, 그 사상은 양자강 남쪽에서 강좌江左 강우江右에서 맴돌았던 것 같습니다. 법안法眼이 활동하던 데는 금릉金陵(현재 남경南京)입니다. 금릉 청량산입니다. 또 금릉 바로 옆에 윤주라고 있습니다. 천의융회天衣融懷 · 금산달관金山達觀이 운문종 계통인데 이 윤주에서 두 분이 피모대각을 가지고 서로 대화를 나눕니다. 법안이 죽은 것이 958년, 또 천의융회나 금산달관이 세상에서 활동했던 것이 12세기입니다. 그때까지 모두 양자강을 넘어서지 못했던 것 같아요.

그런데 조동종이 양자강을 넘습니다. 조산이 901년에 죽습니다. 조산의 제자 녹문진鹿門眞, 석문石門, 대양大陽, 그리고 곡은谷隱 이들이 모두 옹기종기 모여 있습니다. 전 시간에 신라승 파초혜청을 이야기했지요? 파초산芭蕉山이 대양산大陽山과 바로 맞붙은 산입니다.

양자강의 남쪽 강좌 · 강우에서 조동종이 한창 이류중행 · 피모대각을 외칠 때 조동종으로 보면 이것이 제1기에 속합니다. 이 강좌 · 강우의 조동종이 한수漢水를 따라서, 한강漢江이라고도 합니다만, 양주襄州 여기서 한 2백 년 동안 번성을 합니다.

조동종 제2기에 들어서 이 양주를 중심으로 한창 번성합니다. 아까 여기 나온 양산이라든지, 대양경현 · 투자의청 · 대양도해가

다 여기에서 활동한 사람들입니다. 그런데 근자에 아무리 뒤져봐도, 거기서 이류중행이라는 말이 안 나와요. 조동오위에 대해서는 부지런히 나오는데 이류중행만은 싹 비워 없어졌습니다. 그러니까 제2기에 와서는 조동종이 이 양양襄陽 여기에서 한 2백년 중흥하는데 이류중행을 제거한, 또 하나의 명제, 조동오위라는 것 이것이 여기서 중심과제로 제창되었던 것으로 알고 있습니다.

아까 위앙종의 파초가 나오지요? 지금까지 위앙종이 진즉 없어진 것으로 알았는데 여기 대양산 옆 파초산에서 신라승 혜청이 전수한 것입니다. 위앙종의 사상 내용이 무엇이었던가 그것은 분명하지 않습니다만, 하여간 오래오래 자손이 번성하고 있었다는 그 하나를 여러분은 기억해 두시기 바랍니다.

【중간에 약간 녹음 안 됨】

지금 결핍, 물질의 부족만을 가지고 '가난하다', '못산다', '구제한다'고들 모두 생각하는데, 물질이 있고 없고와는 관계가 없는 것입니다. 아까 달마 대사와 양무제梁武帝와의 대화는 여기에 초점이 있습니다. 아무리 내가 돈이 많아서 100억 돈을 가난한 사람들에게 뿌린다고 해서, 그래서 문제가 해결되는 것이 아닙니다. 그래서 공덕이 되는 것이 아닙니다.

그것은 하나의 감상주의, 센티멘털리즘Sentimentalism에 부합하는 것이지, 그래서 문제가 해결되는 것이 아닙니다. 그러니까 달마 대사가 한마디로 "흥, 그것은 공덕이 아닙니다" 그렇게 내뱉어 버렸거든요.

또 근자 어떤 신문에 토막글이 나와서 몇 번 화두에 오른 적이 있습니다. 영국에 존 러스킨John Ruskin이라는 학자가 있었습니다. 내가 20대 청년 나이 때 그 러스킨의 저술이 아주 유행할 적에 나도 몇 권 사서 읽었습니다. 옥스퍼드Oxford 대학의 교수였지요.

그의 주장이 "노동해야 한다", "사람의 가치는 노동하는 데서만 발견할 수 있다"는 것이었습니다. 그것이 온 세계 지식인들을 도취하게 한 적이 있습니다. 러스킨의 노동지상주의, 노동하고 땀 흘리고 그런 데서만 가장 값진 생生의 자세를 발견할 수 있다 하겠습니다. 그것이 한때 온 세계 지식인들을 그만 도취하게 했던 것입니다.

그런데 그로부터 불과 몇 십 년이 못 가서 한 사람 러스킨을 들먹이는 사람이 없고 모두 잊어버렸습니다. 근자에 와서 갑자기 어느 신문에 몇 토막 토막글이 나와서 "아! 러스킨이 있었지, 그때 그런 일이 있었지 —" 그렇게 회고할 만큼 잊어버리고 있었지요. 그러니까 러스킨의 노동주의도 한때의 감상주의에 불과합니다. 근본을 해결하는 문제가 아니에요. 한때의 센티멘털리즘에 불과

한 것입니다.

그러면 이류중행이나 피모대각, 일연이 말씀하신 경초선莖草禪 등은 무엇을 말하는 것일까요? 내가 소가 되고 말이 돼서 농가에 가서 그 쟁기를 어깨에다 끌고 소 대신 그 짓하고, 그런다고 내가 보살이 되는 것이 아니거든요. 문제가 해결되는 것이, 문제의 해결이 아니에요. 깊이 생각해 봐야 합니다.

나는 이런 것을 생각합니다: 높은 데서 낮은 자리로 자기 자신을 낮출 줄 아는 마음의 자세, 그리고 소와 말이 되어서 그 억울한 백성들의 고통과 슬픔을 같이 나누는 것. 서로 나누는 것. 내 물건을 주는 것이 아니에요. 같이 슬퍼하고 그 고통을 같이 견디려 하는 그런 마음의 자세, 이것을 가르치는 것이다 라고 나는 그렇게 생각하고 있습니다.

결코 내가 돈이 많아서 누구에게 나누어 주고 하는 그런 것이 아니고, 서로 슬퍼하고 고통을 같이 나누고 그것을 가르치는 것이 아닌가 합니다. 이 문제는 여기서 그치지 않습니다. 내 자신 이 문제를 가지고 자꾸 생각해 보아야겠습니다. 여러분들도 그것을 하나의 숙제로 가지고 생각해 주시기 바랍니다.

대각 국사大覺國師 의천義天에 관해서 지금까지 많은 논문이 나오고 있습니다만, 나는 여기에 대단히 불만을 가지고 있습니다. 정말 의천의 생애에서 가장 중요한 문제를 그냥 모두들 슬쩍 지

나가버리고 맙니다. 의천의 생애에서 가장 중요한, 의천의 생애
를……

【이하 녹음이 안 되어 있음】

경허당鏡虛堂의 북귀사北歸辭

•

충남대 강연

【경허당鏡虛堂 연보】

경허당鏡虛堂의 북귀사北歸辭

문제 제기 1

1. 연화蓮華가 불교에서 존중되는 까닭. 진흙 속에서 피나 진흙에 물들지 않는다(니중소생泥中所生, 불염어니不染淤泥). 이러한 풀이는 불교의 참뜻을 크게 그르칠 수 있는 극히 위험한 발상이라는 것.

2. 《유마경維摩經》(406) 〈불도품佛道品〉, "약보살행어비도若菩薩行於非道, 시위통달불도是爲通達佛道." 이에 대한 관중학파關中學派 승조僧肇(384~415)의 해석이 화광동진론和光同塵論. 불보살이 불과佛果, 곧 지혜의 빛을 감추고 속진俗塵으로 뛰어들어 중생과

더불어 불법佛法으로 인도하는 보살행菩薩行을 말한다.《정명경집
해관중소淨名經集解關中疏》권 3에 자세하다.

3.《경덕전등록景德傳燈錄》(1004) 30권, 통칭 1,700 고칙古則 중,
조사서래의祖師西來意를 묻는 공안公案이 가장 많이 되풀이되고
있으나, 백百이면 백, 조사祖師의 응답은 다르게 나타난다. '정전
백수자庭前栢樹子'는 조주趙州의 수작이고, '문취로주問取露柱'는
석두石頭의 응수였다. '학인불회學人不會'라 덮쳐 묻자 석두는 '아
갱불회我更不會'라 응석을 부린다. 만일 내게 그러한 질문이 돌아
온다면, 나는 다음과 같이 반문할 것이다:

"조사서래의祖師西來意, 응재삼각지정점마應在三角之頂点麼, 재
저변마在低邊麼."

삼각三角의 정점頂点은 제왕帝王의 측근을 말하고, 삼각의 저변
低邊은 어렵게 살아가는 밑바닥 백성을 가리킨다.《서경書經》〈대
우모大禹謨〉에 '불학무고不虐無告.' 여기서 무고지민無告之民이란
억울함을 당해도 어디에 대고 호소할 길이 없다.

경허당이 58세 때 한암漢岩과 마지막 작별을 고하면서 "내가
불자가 된 지 44년 동안 오로지 화광동진하되 굴기니이우희호예
기미자야운운掘其泥而又喜乎曳其尾者也云云" 하였다.

때가 묻지 않아서 연화가 존귀한 것이 아니다. 진흙 속에 묻히

고 만신어니滿身淤泥로 꽃피운 것이기에 연화는 존귀한 것이다. 연화는 곧 경허당이다.

문제 제기 2

조선조 최말기에 경허당의 출현이 있었다는 것은 무엇을 의미하는가? 조선조 오백년을 가리켜 억불抑佛 시대라 일컫는다. 억압당했기 때문에 조선조 불교는 쇠하고, 제왕의 비호를 받았기 때문에 중국과 일본의 불교가 흥했다는 것이 오늘날 이 길에서 통용되는 논리다. 그래서 한국불교는 삼국 정립鼎立에서 시민권을 잃었다.

흥興과 쇠衰를 가리는 데 제왕의 비호庇護 여부가 저울질하는 척도가 되었다면 그것은 심히 위험스러운 발상이다. 권력의 측근에서 시중을 들기에 바쁜 불교는 이미 불교가 아니다. 불교의 참뜻에서 벗어난 지 오래기 때문이다. 스스로 원해서 그렇게 되었든, 원하지 않은 데서 그렇게 되었든, 조선조 오백년의 불교는 삼각의 저변을 강요당할 밖에 없었고, 그것을 강렬하게 의식했던 데에 경허불교의 진면목이 있다. 중국·한국·일본 삼국의 불교를 놓고 저울질할 때 진眞과 위僞는, 흥과 쇠의 피상적 판단과 정반

대되는 결과를 낳을 수 있다.

　이른바 갑오경장甲午更張 다음해 을미乙未년(1895)은 민비閔妃가 참살되던 해다. 일본국 일련종日蓮宗 38세 젊은 승려가 당시 총리 김홍집金弘集에게 압력을 넣어 삼백년래 승려들의 입성금지入城禁止를 해제케 하고, 다음해 병신丙申년, 전국의 승려 대표라는 이들이 서울 각황사覺皇寺와 원흥사元興寺에 운집하고, 이어서 불교진흥회佛敎振興會 · 임제종발기회臨濟宗發起會는 또 북당北黨(원종圓宗) · 남당南黨(임제종臨濟宗)으로 패가 갈린다. 발이 빠르고 목소리가 클수록 뒷날 31대본산大本山의 주지住持가 되었다. 경허당은 이때 정경을 그의 〈북귀사北歸辭〉에서 다음과 같이 읊고 있다.

　是非名利路 心識狂紛飛 人心如猛虎 毒惡徹天飛
　所稱英雄漢 彷徨未定歸 伴鶴隨雲外 此身孰與歸

　살아서 사대문四大門 안에 발을 들여놓지 않겠거니, 경허당은 맹세한다. 스승의 철퇴를 끝까지 지킨 이는 한암漢岩 사자嗣資 한 사람뿐이었다.

문제 제기 3

1. 경허당의 행적에 관하여 우리는 너무도 아는 바가 적다. 적지 않은 일화가 활자화되어 전하나 장삼이사張三李四에서 그렇게 벗어나지 못한다. 58세 때 경허당이 북으로 잠적한 까닭을, 시봉하나가 동학사東鶴寺 가던 길에 피살되고 그 살인자로 몰렸기 때문이었던 것으로 확신하는 납자衲子가 있는가 하면,《조선불교통사朝鮮佛敎通史》(李能和, 1917)에서 저자는 경허당의 경계境界를 가리켜 음주식육飮酒食肉하고 행음투도行淫偸盜를 꺼리지 않는 마설魔說로 배척하던 당시 총림叢林의 여론을 사뭇 동조하는 기세로 서술하고 있다. 분명한 것은 오직 경허당 자신이 남긴 문자뿐이다.

2. 경허당의 생존 시대 역시 사실과 다르게 전하고 있다. 한암은 〈경허행장鏡虛行狀〉에서 정사생丁巳生(1857~1912)으로 보았고, 만해卍海는 〈약보略譜〉에서 기유생己酉生(1849~1912)으로 전하지만, 모두 사실이 되기 어렵다. 신심信心이 높은 노승老僧은 법랍法臘을 소중하게 여기고 생년을 따지지 않는다. 경허당이 한암에게 써준 글에서 44개 광음光陰은 경허당이 처음으로 문자를 배우고 불법에 눈이 트인 해를 산출한 것이며, 한암이 착오했듯이 생

년에서 기산起算한 햇수가 아니다. 문자를 배우고 불법에 눈트인 그때 경허당은 14세, 44년에 14를 보태면 58세가 된다. 광무光武 4년(1900)에 《서룡화상행장瑞龍和尙行狀》을 찬撰하면서 경허당은 스스로의 나이를 '여금년광오십유오余今年光五十有五'라고 자탄自嘆한다. 광무 4년 경자세庚子歲에 55세일 경우, 3년 뒤인 계묘년癸卯年에 해인사海印寺에서 한암과 작별할 때 58세가 된다. 경허당의 생년은 그러므로 병오생丙午生(1846~1912)이 되어야 한다. 만해 기유설己酉說은 덕숭문중德崇門中의 막연한 추측을 옮긴 것이므로 여기서 거론할 가치를 인정하지 않는다.

3. 옛 스님 계허장桂虛丈에 대한 정의情誼가 못내 그리워 먼 길을 찾아나선 것이었지만, 중도에 여역癘疫이 크게 번져 한 마을이 염자입사染者立死하는 참상과 직면한다. 이때 「무상신속無常迅速, 생사사대生死事大」 절대명제絶對命題에 부딪치는 것이지만, 《일성록日省錄》·《승정원일기承政院日記》 고종高宗 16년 기묘세己卯歲(1879) 6월 19일과 22일, 7월 28일조에서 경상·전라·경기 일원에 호열자虎烈剌가 창궐했음을 알아냈다. 경허당 34세 때다. 석 달이 지나서 드디어 그해 겨울에 경허당은 무천비공우無穿鼻孔牛의 대명제 아래 활연대오豁然大悟한다.

경허당의 무천비공우 철학은 일찍이 《유마경維摩經》의 「행어비도行於非道」에서 출발, 승조僧肇의 화광동진和光同塵, 남전南泉의 이류중행異類中行, 동안찰同安察의 피모대각被毛戴角과 직결한다. 그리고 고려 일연一然의《중편조동오위重編曹洞五位》2권과 조선조 초 김시습金時習의《조동오위요해曹洞五位要解》불분권不分券과도 직결한다. 나는 지난 정월 눈이 깊은 송광사松廣寺 강원講院에서「이류중행의 실종과 그 방향」이란 연제演題로 연속 강론한 바 있다.

4. 북귀사北歸辭 7절絶 8수首는 경허당이 1904년 늦봄, 금강산 일출봉日出峯 동주협곡東走峽谷 은선동隱仙洞에서 읊은 연작시連作詩다. 은선암隱仙庵은 일찍이 허응당虛應堂 보우普雨가 여기서 하안거 하였고, 월파태율月波兌律 · 허정법종虛靜法宗도 이곳을 찾아 여러 수 시작詩作을 남기고 있다. 허정의 시에「尋眞入 隱仙台, 洞裏烟霞老 壺中日月開, 流水桃源人世隔 赤松靑鶴共俳徊」삼오칠언三五七言이 있다.

같은 해 가을, 경허당은 강계江界에 도달한다. 그리고 여기서 8년간 체류한다. 김담여金淡如 · 이여성李汝盛 · 오하천吳荷川 등, 여러 시우詩友와 더불어 위원渭原 · 벽동碧潼 등지로 순유巡遊할 기회도 갖는다.

강계성城에서 북천北川을 건너 5리 지점인 자북산子北山 중복 자북사子北寺에서, 천장암天藏庵 시절 익히 알고 지내던 전수월田水月 음관音觀(1855~1928)과 자주 내왕했을 가능성은 이유 있는 추측이다. 경허당이 갑산甲山에서 1912년에 입적하자, 그 소식을 천장암 이웃인 홍주洪州 정혜사定慧寺에 알린 이가 전수월이었다.

경허당이 강계를 떠나 갑산으로 향한 것은 경술망국庚戌亡國이 있은 다음해 신묘년辛卯年 3월 초파일(음력 4월 6일) 청명절이었다. 윤閏 6월이 끼인 해다. 해발 1,479m 아득포령牙得浦嶺을 넘어 장진강長津江을 따라 북행하다가 동남으로 방향을 꺾어 창평昌平을 거쳐 갑산에 도달한 것은 그해 가을이다. 1주일이면 닿을 거리를 6개월 남짓 걸렸으니 그동안 어떻게 보냈던가가 궁금해진다. 갑산부府에서 북거北距 10리 지점인 도하리都下里 서숙書塾에 정착한다.

경허당이 입적한 곳을 웅이방熊耳坊 도하동都下洞으로 전하는 것은 사실이 아니다. 웅이방은 웅이역驛을 가리킨 것일 것이고 웅이천川·웅이산山·웅이역은 갑산에서 정확히 80리 거리 남방에 위치한다. 역졸驛卒 약간 수가 주재한 궁산벽지窮山僻地 역 마을에 서당이 있을 까닭도 없다. 달마達磨 대사의 이적異蹟을 낳고 거기에 묻혔다는 중국 하남성河南省 웅이산熊耳山을 연상했을 것이며, 비록 악의는 아니었을망정, 신비성을 증폭하려는 만공滿空의 욕심이 그렇게 조작한 것일 것이다. 경허당의 시신을 화장했다는 난덕산蘭德山도 문제가 된다. 1916년 측량, 이듬해 제판된 함경도 갑산 일대 5만분지 1 지도에 그 이름을 찾을 길이 없다.

김담 여옹의 외아들 김홍국金鴻國 씨의 증언인즉, 강계에서 북으로 후창厚昌을 향해 30리 길, 난덕재(難德嶺) 넘어 성장동成章洞에 화장火葬했다는 것이다. 어린 나이의 기억으로 매장과 화장을 혼동했을 가능성을 감안할 때, 갑산에서 난덕령까지, 서울에서 강릉 가는 거리와 같다. 그 먼 거리를 혜월慧月과 만공이 운구運柩했어야 한다. 새삼 혜월과 만공, 두 분의 용맹심에 경의를 표하지 않을 수 없다.

경허당의 갑산 도하리 입적은 1912년 4월 25일이고, 1년 3개월 뒤 부보訃報를 듣고 달려간 혜월·만공에 의해 난덕산에서 다비茶毘에 부쳐진 것은 1913년 7월 25일이었다.

1994. 5. 12.

보탬말

경허당은 열여섯 살에서 서른네 살까지 동학사에서 보냅니다. 거기서 18년 동안 보냈습니다. 그 서른네 살 때 경기도로 옛날 선생을 찾아갑니다. 아홉 살 때 절에 그냥 맡겨진 자기를 길러주신 노장스님을 찾아가 뵈려고 먼 길을 떠납니다. 도중에 어떤 마을에 들어갔는데 마침 그 온 마을에 호열자 열병이 들어 있었습니다. 그 병에 걸렸다 하면 그 자리에서 죽는, 그런 혹독한 광경에 직면하게 됩니다. 그래도 그때까지 자기는 뭘 안다고 자부를 하던 경허당은 이러한 현상을 보고 무상을 느낍니다. 《조선왕조실록》·《승정원일기》 등을 모두 뒤져본 결과 고종 16년 6월 경허당이 서른네 살 때 전라도 등지에서 석 달 동안 홍수 지고 호열자가 창궐했었다는 기록을 발견했습니다.

경허당은 동학사로 돌아와서 그때까지 자신의 모든 것을 전부 공空으로 돌리고 다시 출발합니다. 방문을 닫고 꼿꼿이 앉은 채 다리를 찌르고 머리를 부딪쳐가며 석 달 동안 정진하여 '무천비공우(콧구멍을 뚫지 않은 소)'라는 대명제를 깨치고 활연대오했답니다. 그동안 경허의 책, 경허당에 관한 책을 읽어봤으나 한 사람도 경허당의 이 '무천비공우'에 대해서 옳게 해석을 붙인 사람을 보지 못했습니다. 그러고서도 왜 경허당이 위대하다고 얘기하는 건지 나는 까닭을 모르겠습니다.

경허당은 자기가 가르친 그 승법 제자라고 하는 송만공이며 혜월 등 많은 제자들에게 '무천비공우' 이것을 한번도 설명해 주지 않았습니다. 그러니까 오늘날까지도 모르는 겁니다. 그러고 보면 경허당은 심히 외로운 사람이었다고나 할까요, 또는 심히 괴팍스

러웠고, 심히 고집이 세었다고나 할까요.

지난번 송광사에 가서 거기 선지식들이 모두 자리한 데서 연속 강연을 한 적이 있습니다. 「이류중행의 실종과 그 행방」이라는 제목으로 강연했습니다. 그것이 경허당의 이 '무천비공우'에 대한 설명입니다. 그 역사적인 내력을 말하면, '이류중행'의 마지막 수제자는 매월당 김시습입니다. 김시습은 《조동오위요해》에서 큰 진의를 받았던 것인데, 조선조 나라가 망하면서 경허당에 의해서 그것이 다시 확실하게 솟구쳐 오릅니다.

제 말씀은 《유마경》의 '보살행어비도' 거기서 출발합니다. 사람이 접근하기를 싫어하는 그러한 장소, 더러운 장소. 이것을 남전이 '이류중행'이라는 말로 바꿔 놓습니다. 그러나 거기에 담겨진 메시지는 똑같은 것입니다. '행어비도'나 승조의 '화광동진'이나 '이류중행', 동안찰의 '피모대각' 이것이 다 똑같은 메시지입니다. 얘기하는 장소와 때에 따라서 뜻이 달라졌을 따름입니다. 그러니까 '이류중행'이란 무슨 말이냐 하면 보통 사람이 거기에 접근하기를 싫어하는 그러한 세계, 그러한 장소, 그러한 주인공입니다.

남전이 죽을 때 그 제자가 왔습니다. "돌아가시면 가실 곳이 어디가 되겠습니까?" 묻습니다. 남전이 대답하기를 "내가 죽으면 저 산 아래 아무개 집 소가 되겠네." 그러자 제자가 능청맞게 "그럼 저도 나중에 스님을 따라가도 되겠습니까?" 하니까 남전의 대답이 "그래 올 테면 빈손으로 오지 말고 입에다 꼴이나 좀 물고 오게", 이것이 남전의 대답이었습니다. 멋있는 대답이죠. 이것이 '이류중행'입니다.

《경덕전등록》이나 《조당집祖堂集》을 보면 '이류중행'이라는 말이 여러 번 거듭되어 나옵니다. 어떻게 남전이 소처럼 일 해라, 봉사해라며 제자들에게 꾸짖었던지, 남전과 동시대 인물로, 한 천 리쯤 떨어진 곳에 있던 약산이 그를 찾아온 먼 길의 승려와 이런 대화를 나눕니다. "어디에서 오는가?" "남전에서 옵니다." "얼마나?" "6개월 있다 옵니다." "그러면 소가 다 됐구먼."

나중에 일연 스님이 《중편조동오위》라는 책을 짓는데 여기에 '이류중행', '피모대각'이 32번이나 나옵니다. 일연이 《중편조동오위》를 쓰면서 그 생각이 어디에 있었는가 하는 것을 알 수 있습니다. 《중편조동오위》를 쓰기 전, 한 100년 전 중국에서 《벽암록》이라는 책이 나옵니다. 그런데 이상하게도 오늘날까지 선종 제일 자라고 하는 그 《벽암록》의 첫 장에서부터 끝장까지 '이류중행'이나 '화광동진'이나 '행어비도'는 한 번도 나오지 않습니다. 중국에서는 그것을 전부 다 씻어 내버렸습니다. 그래서 승려 세계에서 승려는 무엇이 자기에게 이익이 되겠는지 육감으로 잘 아는 사람이어야 합니다. '이류중행'이라는 것이 도무지 너무 귀찮기만 하고 전혀 좋은 일이 하나도 없단 말입니다.

어쨌든 간에 일연은 《중편조동오위》를 지으면서 서른두 번씩이나 '이류중행, 피모대각'이라는 말을 되풀이 되풀이 하면서 설명합니다. 그런데 경초선蒅草禪이라는 새말을 만들어냅니다. 아까 남전이 제자 보고 나중에 날 따라오려면 빈손으로 올 게 아니고 입에다 꼴이나 좀 물고 오너라 한 그 메시지에서 그 꼴이 대체 무엇일까요?

일연이 죽은 뒤 김시습이 나는데 그의 《조동오위요해》를 보면 맹렬합니다. 일연보다도 몇 곱절 성격이 격해요. 이 문제가 되풀이되어 나옵니다.

이게 경허당에서 '이류중행'이 승조의 '화광동진'이라는 말로 다시 되풀이되어 나옵니다. 아주 극적이고, 나로서는 감격적인 순간입니다. 경허당과 반평생 같이 지냈던 만공이다 혜월이다 그 제자들 한 사람도 이를 알아들은 이가 없습니다. 만공에게서 배웠다는 그 제자들이 오늘날 조계종을 움직이는 원로들인데 그중 하나도 '이류중행', '피모대각', '무천비공우'에 대해서 언급한 사람이 있는 걸 보지 못했습니다.

경허당이 마지막으로 북쪽으로 잠적한 뒤 그 행적을 도무지 알수가 없어요. 경허당이 남겼다는 시에서 이것저것 가려가지고 연대를 붙이고 장소를 붙였습니다. 지금까지 알려져 오지 않은 것입니다. 경허당이 북쪽 강계에 가서 어느 때 누구누구와 사귀고 어디를 가고 그리고 어느 고개를 넘어서 갑산에 어떻게 가고 그것도 같이 살펴보았습니다. 경허당을 연구하는 사람들에게 도움이 될까 하고서 이렇게 적었을 따름입니다. 제 얘기는 여기서 그치겠습니다.

-《民族과 文化》, 2003年 12月 第12輯(通卷16) 漢陽大學校 民族學硏究所

경허당鏡虛堂 연보

- 1846년 1세, 헌종憲宗 12년 병오丙午

8월 24일 전주 자동리에서 부친 송두옥宋斗玉과 모친 밀양 박씨의 차남으로 출생. 태어난 뒤 사흘 동안 울지 않다가 목욕시키자 아기 소리를 내니 사람들이 모두 신기하게 여김. 만해 한용운의 〈경허약보鏡虛略譜〉에 의하면, 선사의 속성은 송宋씨, 법명은 성우惺牛이고 처음 이름은 동욱東旭, 법호는 경허, 본관은 여산礪山. 부친 송두옥은 일찍 작고.

- 1854년 9세, 철종哲宗 5년 갑인甲寅

모친 박씨를 따라 지금의 경기도 의왕시 청계사淸溪寺에서 계허桂虛 대사를 은사로 출가하여 사미계를 수지함. 이후 14세까지 항상 나무하고 물을 길어 부처님과 스승 섬기기에 글을 읽을 겨를도 없이 초기 수행을 쌓음. 이때 가형 태허泰虛는 이미 공주 마곡사에 출가하여 수행 중.

• 1859년 14세, 철종 10년 기미己未

절에 와서 한 여름 지내는 선비로부터 글을 배우기 시작. 한 번 눈에 스치면 배우고 듣는 대로 문리를 해석할 만큼 큰 진보. 마침 내 《통감사략通鑑史略》을 하루에 대여섯 장씩 암송. 글을 가르치는 선비는 "참으로 뛰어난 재능을 가졌구나. 옛말에 천리마 같은 훌륭한 말도 백락伯樂을 만나지 못하여 소금 수레나 끌며 고생한 다더니 지금 동욱 자네가 바로 그렇구나. 훗날 반드시 큰 그릇이 되어 일체중생의 스승이 되어지이다"라고 찬탄함.

이 해 스승 계허 대사 환속. 스승이 써 준 추천서를 가지고 동학사 강사 만화보선萬化普善의 문하에 가서 경학을 수업하기 시작.

• 1860년 15세 철종 11년 경신庚申부터 1868년(23세, 고종高宗 5년)까지

동학사 강원講院에서 경전을 수업. 한용운의 〈경허약보鏡虛略譜〉에 의하면, 이 시기 경허는 공부하는데 한가하지도 바쁘지도 않게 (不閒不忙) 해도 남보다 앞섰으며 내외전內外典을 섭렵하여 정통하지 않은 것이 없어서 팔도에 이름을 펼침. 불경뿐만 아니라 유명한 학숙學塾을 두루 찾아다니면서 유가儒家와 노장老莊의 전적

들을 공부하여 일가를 이룸. 1868년 동학사 강원의 강사로 추대됨.

• 1868년 23세, 고종 5년 무진戊辰

　동학사 강원의 강사로 추대되어 1879년(34세)까지 역임. 한암중원漢巖重遠은 〈선사경허화상행장先師鏡虛和尙行狀〉에서 경허의 개강開講에 대해 "그 교의를 논함에 파란양양하여 사방의 학자가 모두 귀의하였다(論敎義波瀾洋洋 四方學者多歸之)"고 기록. 주로 《화엄현담華嚴玄談》을 강의함.

• 1879년 34세, 고종 16년 기묘己卯

　6월, 환속한 옛 스승 계허를 만나기 위해 여행 중 천안 근처에서 콜레라가 만연하여 수많은 사망자가 나온 마을을 지나다가 선禪의 길로 회심回心. 한암중원은 당시 경허의 심경을 "화상께서 이 말을 듣고 모골이 송연해지고 정신이 아득해져서 죽음이 임박하여 목숨이 한 호흡 사이에 끊어질 것 같으니, 일체 세간이 모두 꿈속에서 바라보던 경치에 지나지 않음을 알았다(和尙忽聞其言 毛骨悚然 心神恍惚 恰似箇大限 當頭命在呼吸間 一切世間 都是夢外靑山)"고 기록함.

　이 해 6월 일본으로부터 부산에 전염된 콜레라가 전국에 퍼졌

으며 7월 콜레라로 인하여 부산 무역정貿易停을 폐쇄함. 경허는 콜레라의 거리에서 동학사로 돌아오는 길에 "이 생애가 다하도록 차라리 바보가 되어 지낼지언정 문자에 매이지 않고 조사의 도를 닦아 삼계를 벗어나리라(次生永爲痴呆漢 不爲文字拘繫 參尋祖道 超出三界)"고 다짐하고 강의를 폐지함. 학인들을 모두 해산시킨 뒤, 방문을 닫은 채 꼿꼿이 앉아 참선을 시작. "나귀의 일이 끝나지 않았는데 말의 일이 닥쳐왔다(驢事未去馬事到來)"는 화두를 참구. 다리를 찌르고 머리를 부딪쳐서 수마睡魔를 쫓으면서 필사적인 정진. 은산철벽銀山鐵壁에 부딪침.

이 해 11월 15일 "소가 되어도 콧구멍 뚫을 곳이 없는 소가 된다"는 말을 듣고 대오大悟.

한암중원은 경허의 대오大悟를 다음과 같이 정리함 : 이처사의 "콧구멍 없는 소(牛無鼻孔處)"라는 말을 전해들은 화상의 안목은 정히 움직여(眼目定動), 옛 부처 나기 전의 소식이 몰록 드러나 활연히 현전하였다. 평평한 대지가 꺼지고 물物과 아我를 함께 잊으며 바로 옛사람의 크게 쉰 곳에 이르르니 백천 법문과 무량한 묘의妙意가 당장 얼음 녹듯이 풀렸다(傳李處士之言 到牛無鼻孔處 和尙 眼目定動 撞發古佛 未生前消息 豁爾現前 大地平沈 物我俱忘 直到古人大休歇之地 百千法門 無量妙義 當下氷消瓦解).

- 1880년 35세, 고종 17년 경진庚辰

  대오 후 지금의 서산시 고북면 천장암에서 보림保任. 개당설법 開堂說法을 행함.

〈오도송悟道頌〉

  홀연히 고삐 뚫을 곳이 없다는 사람의 소리를 듣고
  몰록 깨닫고 보니 삼천대천세계가 나의 집이네
  유월 연암산 아랫길에
  일 없는 들사람이 태평가를 부르네.

  忽聞人語無鼻孔　　頓覺三千是我家
  六月鷰巖山下路　　野人無事太平歌

  "유월 연암산 아랫길에……"라는 구절은 이 개당설법이 이루어진 계절이 바로 유월이었음을 알려줌.

- 1882년 37세, 고종 19년 임오壬午~1898년 53세, 광무光武 2년 무술 戊戌

  주로 충청·경상 일대의 동학사·천장암·서산 부석사·마곡사·장곡사·보석사·예산 용문사·대전 묘각사·사불산 대승사·문경 봉암사 등지에 주석하면서 선풍禪風을 진작하고 만공월면滿空月面·수월水月·혜월慧月·침운枕雲 등의 제자들을 지도함. 천장암에서 혜월과 수월에게 보조 지눌의《수심결修心訣》강의. 승화 상인承華上人에게 〈계차청심법문契此淸心法門〉을 설하고 천장암에서 〈장상사와 김석두에게 보내는 글(上張上舍金石頭書)〉, 〈자암거사에게 보내는 글(上慈庵居士書)〉 등의 서간을 씀.

- 1884년 39세, 고종 21년 갑신甲申

10월 초순 어느 날, 동학사에서 제자 도암道岩(훗날의 만공滿空)을 처음 만남. 당시 도암의 나이 14세. 도암을 천장암으로 보내이 해 12월 8일 태허 화상을 은사로, 경허 자신이 계사戒師가 되어 월면月面이라는 법명과 사미계를 줌.

- 1898년 53세, 광무 2년 무술戊戌

서산 도비산 부석사에 주석. 이 해 봄 동래 범어사의 초청으로 제자 월면·침운 등과 함께 범어사에 도착. 범어사의 등암찬훈藤庵璨勳·회현석전晦玄錫詮·혼해混海·성월일전惺月一全·담해湛海·화월華月 등이 경허를 초청함. 〈범어사 선원을 시설하는 계의서(梵魚寺設禪契誼序)〉를 작성.

범어사의 등암 화상에게 선禪의 요체를 강의. 본 강의를 〈등암 화상에게 준다(與藤庵和尙)〉는 문건으로 정리.

이 해 겨울 청암사 수도암 방문. 시 〈청암사 수도암에 오르며(上靑巖寺修道庵)〉를 쓰고 《금강경》 강의. 청암사 수도암에서 제자 한암중원漢巖重遠(1876~1951)을 만남.

• 1899년 54세, 광무 3년 기해己亥

가야산 해인사로 주석처를 옮김. 당시 해인사에서 고종高宗의 칙명으로 대장경을 인출하는 불사와 수선사修禪社를 설치하는 불사의 법주法主로 추대되어 수선사修禪社를 창설하고 상당법어上堂法語를 행함.

4월 〈해인사수선사방함인海印寺修禪社芳啣引〉 작성.

9월 하순 〈합천군가야산해인사수선사창건기陜川郡伽倻山海印寺修禪社創建記〉 작성. 본 창건기에서 "결연히 기해년己亥年 가을 찾아와서 경을 열람하고 집을 둘러보고 홍류동 속에 신선의 신령스런 발자취를 더듬어 서성거리니 몸까지 잊을 정도였다"고 씀.

11월 1일 〈결동수정혜동생도솔동성불과계사문結同修定慧同生兜率同成佛果稧社文〉·〈상포계서喪布稧序〉 작성.

12월 20일 〈귀취자기歸就自己〉 작성.

- 1900년 55세, 광무 4년 경자庚子

4월 상순 〈범어사총섭방함록서梵魚寺總攝芳啣錄序〉 작성. 송광사 · 태안사 · 화엄사 · 지리산 천은사 · 영원사 · 실상사를 방문. 〈남원실상사백장암중수문南原實相寺百丈庵重修文〉 작성.

11월 하순 〈남원천은사불량계서南原泉隱寺佛糧契序〉 작성.

12월 상순 〈화엄사상원암복설선실정완규문華嚴寺上院庵復設禪室定完規文〉 작성.

12월 상순 〈동리산 태안사 만일회에서 범종을 사서 헌답한 신도 방함기桐裏山泰安寺萬日會梵鐘檀那芳啣記〉 작성.

12월 하순 송광사 차안당遮眼堂에서 〈취은화상행장取隱和尙行狀〉 작성. 취은민욱取隱旻旭(1816~1900). 이 해 화엄사에서 진진응陳震應을 만나고 〈진응강백답송震應講伯答頌〉을 씀. 겨울 경상남도 화전花田(지금의 남해군) 용문사 방문. 용문사의 호은虎隱 장로長老로부터 〈서룡화상행장瑞龍和尙行狀〉을 집필해 줄 것을 의뢰 받음.

- 1901년 56세, 광무 5년 신축辛丑

해인사에서 몇 편의 영찬影贊을 작성.

3월 〈금우화상영찬錦雨和尙影贊〉 작성. 해인사에 소장된 진영에 의하면 이 영찬의 제재題材는 '부종수교용암직전금우당필기대선사진영扶宗樹敎龍巖直傳錦雨堂弼基大禪師眞影'이며 신축辛丑(1901)

년 3월 호서귀湖西歸 문제門弟 성우惺牛 근찬謹讚이라는 기록이 첨부되어 있음.

〈인봉화상영찬茵峯和尚影賛〉 작성. 해인사에 소장된 진영에 의하면 이 진영의 제재題材는 '전불심인부종수교인봉당대선사지진영傳佛心印扶宗樹敎茵峯堂大禪師之眞影'이며 문질門姪 성우惺牛 분향근찬焚香謹讚이라는 기록이 첨부되어 있음.

〈대연화상영찬大淵和尚影賛〉 작성. 해인사에 소장된 진영에 의하면 이 진영의 제재題材는 '부종수교화엄강주대연당정첨대선사진영扶宗樹敎華嚴講主大淵堂正添大禪師眞影'.

〈용은당대화상진영龍隱堂大和尚眞影〉 작성.

• 1902년 57세, 광무 6년 임인壬寅

가을 동래 마하사摩訶寺의 나한개분불사의 증명. 나한이 현몽하는 이적異蹟을 보임.

10월 결제날 〈범어사계명암수선사방함청규梵魚寺鷄鳴庵修禪社芳啣淸規〉 작성.

• 1903년 58세, 광무 7년 계묘癸卯

늦은 봄, 〈범어사계명창설선사기梵魚寺鷄鳴創設禪社記〉 작성.

《선문촬요禪門撮要》의 원형이 되는 《정법안장正法眼藏》을 편찬하고 〈정법안장서正法眼藏序〉를 작성.

〈서룡화상행장瑞龍和尙行狀〉 완성.

이 해 가을 범어사를 떠나 해인사에 들러 천장암으로 돌아옴. 이때의 심경을 읊은 시 한 수가 〈범어사에서 해인사로 가는 길에서 부른 노래(自梵魚寺向海印寺途中口號)〉.

아는 것 없이 이름만 높아서 세상의 액난을 만나니

어느 곳에 몸을 숨길지 알 수 없구나.

어촌과 술집엔들 숨을 곳이 없으랴마는

다만 헛된 이름 날로 새로워지는 것이 두렵도다.

識淺名高世危亂　不知何處可藏身

漁村酒肆豈無處　但恐匿名名益新

• 1904년 59세, 광무 8년 갑진甲辰

7월 15일 천장암에 들러 제자 월면을 인가하고 전법게傳法偈를 수여함. 수덕사의 만공문도회가 펴낸 《만공어록》은 당시의 정황을 다음과 같이 기록: 갑진년甲辰年(1904) 7월 15일 경허 화상이 함경도 갑산甲山으로 가는 길에 천장사를 들르게 되었다. 스님은 경허 화상을 뵙고 몇 해 동안 공부를 짓고 보림한 것을 낱낱이 아뢰니 경허 화상은 기꺼이 허락하며 전법게를 내렸다.

구름 달 시냇물 산 곳곳마다 같은데

수산선자曳山禪子의 대가풍大家風이여!

여기 무문인無文印을 분부하노니

한 조각 방편기틀이 안중眼中에 살았구나.

雲月溪山處處同　曳山禪子大家風

慇懃分付無文印　一段機權活眼中

이어 만공이라고 사호賜號하고 다시 이르되 "불조佛祖의 혜명
慧命을 자네에게 이어 가도록 부촉付囑하노니 불망신지不忘信之하
라"고 주장자를 떨치며 길을 떠남.

• 1905년 60세, 광무 9년 기사己巳

　가을 광릉 봉선사에 나타나 월초거연月初巨淵을 만남. 오대산
월정사에 머물며 3개월간《화엄경》강의. 이후 금강산을 관람하
고〈금강산유산가金剛山遊山歌〉를 작성.

• 1906년 61세, 광무 10년 병오丙午

　봄 안변 석왕사釋王寺 나한 개분불사의 증명. 시〈석왕사영월루
에 부쳐(題釋王寺映月樓)〉를 씀.

이후 장발유복長髮儒服으로 함경도·평안도로 잠적. 주로 평안 북도 강계江界·위원渭原, 함경남도 삼수三水·갑산甲山·희천熙 川 등지로 자취를 감춘 뒤, 스스로 이름을 박난주朴蘭洲라고 지었 으며 머리를 기르고 선비의 갓을 쓰고 변신한 뒤, 서당의 훈장을 하며 김탁金鐸·김수장金水長 등의 친지들과 술을 마시기도 하고 시를 지으며 소일하며 세간의 풍진風塵 속에 자신을 묻어버림.

• 1912년 67세, 임자壬子
4월 25일 함경남도 갑산군 웅이방熊耳坊 도하동道下洞에서 임 종게를 남기고 입적.

외로이 홀로 밝은 마음의 달
온 누리의 빛을 머금었구나.
그 달빛 온 누리와 함께 사라졌으니
이는 다시 무엇인가?

○

心月孤圓　光吞萬像　光境俱忘　復是何物

【참고. 경허의 임종게는 사실 반산보적 선사의 게송 心月孤圓。光吞

萬象。光非照境。境亦非存。光境俱忘。復是何物에서 가운데 두 구절을 뺀 것인데, 이것은 경허 친작의 임종게가 아니고 경허 스님 당신이 즐겨 읽었던 시를 적어 놓은 것인데 후인들이 모르니까 임종게라고 한 것임.】

• 1913년 계축癸丑

7월 25일. 경허의 입적 소식을 전해 들은 만공과 혜월은 갑산 난덕산으로 가서 시신을 운구하여 다비에 붙임.

• 1942년 임오壬午

6월 오성월 · 송만공 · 장석상張石霜 · 강도봉康道峰 · 김경산金擎山 · 설석우薛石友 · 김구하金九河 · 방한암 · 이효봉李曉峰 등 당시 한국 선문을 대표하는 41인의 선사들이 《경허집》을 발간하기로 결정. 각 선원은 5원, 개인은 50전 이상의 연조금捐助金을 모아 이 해 9월 출간. 경허 선사의 입적 30년.

담론 노트

•

1990년 8월 1일~2003년 8월 16일

1990년 8월 1일(水) 08:00경, 중국 북경 국제호텔 식당에서 아침 식사 중

【민閔 선생님의 오랜 염원·숙제인 '중국 선종사禪宗史의 바른 법맥
규명'을 위한 첫 중국 탐사 – 촉도장정蜀道長征이라고 명명하심 – 로
그 전날인 7월 31일 일본 동경東京 나리타成田 공항을 떠나 14:25경
북경北京에 첫 발을 딛고 꾸어지 호텔에 투숙, 다음날 첫 아침 식사
자리에서의 말씀】

 – 북경의 색色(거리며 집이며 호텔 내부와 방안의 색 등)이 참으로 친
숙하다. 대만台灣의 야단스러운 색과 다르다. 그것은 일본의 잔재
이다. 북경은 꼭 이웃동네에 온 느낌이다. 커피 값이 한국과 동일
하다. 우리는 이상한 시대에 살고 있다.

같은 날 13:30경, 지안문地安門 외대가外大街 155호의 북경 천진 꺼우부리포
자점天津狗不理餉子店(북경 분점)에서 점심 식사하며

 – 일제 때 조선호텔 건너편에 천진포자天津餉子 집이 유명했지.
돼지 내장을 아주 잘게 쳐서 속을 했어. 껍질은 얇아야지. 일제 말
전쟁과 해방을 지나면서 그 집이 없어졌어. 아침 일찍 갓 나올 때
뜨거울 때 먹어야 제 맛이지. 11시 반쯤이 가장 최적이었어.

같은 날 저녁 9~10시, 호텔 1층 커피숍에서

 – 서양의 것 직수입한 군복軍服이나 호텔 종업원 복장 등 복식

이 동양인의 몸에 어울리지 않는다.

1990년 8월 5일(日), 북경 어느 찻집에서

－옛날 동경 유학생은 동경에 향수를 못 느낀다. 북경 유학생은 북경에 큰 향수를 느꼈다. 그것이 두 곳의 인간애人間愛의 차이인가? 일본에 유학한 중국 학생이 귀국하면 반일적이 되는데, 일본인은 그 이유가 무엇인지 한때 고민하였다.

1990년 8월 24일, 상해에서

－마조馬祖 제자 가운데 등은봉鄧隱峰이라는 (괴물)스님이 있었어. 그가 제자들에게 묻기를, "서서 죽은 이 있는가?" 하고, 제자들이 있다 하니, 물구나무 서서 죽겠다고 하고는 그렇게 했다고 한다.

《임제록臨濟錄》에 "제자가 스승의 두 배를 넘어서야 한다" 하였다. 그의 2대 앞에 누군가가 같은 이야기를 하였다.

1992년 3월 23일, 마포 서교동 사랑방에서

－경상북도 풍기의 희방사喜方寺에 보관되어 오던 《월인석보月印釋譜》권1과 권2의 목판본이 6·25 전후 어수선할 때 화재로 소실된 줄로 알고들 있으나, 동네 아주머니들 얘기로는, 빼내서 빨

래판으로 사용했다 하더라.

【선생님은 한국전쟁 때 국방부의 고적보존위원회 위원으로 옛 사찰
   등을 찾아다니며 문화재의 파괴·망실·훼손 여부를 직접 조사한
   바, 이 이야기도 당시 수집·파악한 것이다.】

1992년 4월 11일, 마포 서교동 사랑방에서

  ─ 신라 불교는 원광圓光·자장慈藏의 정正과 삼계교三階教의
반反을 바탕으로 한 합合으로 보아야 한다. 보조普照는 신라 불교
의 바탕에다 보문사普門寺에서의 육조단경六祖壇經을 더하여 화
엄선華嚴禪 또는 경經에서 눈물 흘렸다. 보조에게도 삼계교의 성
격이 있었다.

1992년 6월 초, 서교동 선생님 댁에서

  ─ 마조馬祖가 무상無相의 검남종劍南宗에서 나와 강남江南에 와
삼계교三階教의 영향을 받은 삼론종三論宗과 성실종成實宗에서 들
일과 두타행을 배워 검남종을 폭발시키고 천하를 제패하였다. 삼
계교는 마조와 거의 200년 차이가 난다.
  ─ 무상은 사신으로 중국 당唐에 가서 거기에 처진 것으로 보아
야 할 것이다. 중국에서 구족계具足戒를 받았다.
  ─ 의상義相·자장慈藏이 모두 당唐 장안長安 중심의 절로 가지

않고 종남산終南山으로 향하였다. 그것은 야당성野黨性이다.

－무상은 두타행자로서 명망을 떨쳤으나 삼계교와는 무관한 것이다. 그의 무념無念·무상無相·막망莫妄은 신회神會와 통한다.

－마조 전에는 선禪이란 시대에 뒤떨어진 것이었다. 마조가 그것을 개혁하였다.

삼계교가 승려에게 자급경제의 길을 터 주었던 것이다.

1992년 6월 6일, 선생님 댁에서

－허균許筠은 〈서산대사비서西山大師碑序〉에서 태고보우太古普愚·나옹懶翁 등의 고려 불교를 법안종法眼宗으로 잡고 있는데, 일리가 있다. 법안종은 항주杭州 영은사靈隱寺를 기반으로 한 것으로 영명연수永明延壽도 이 절에 주석하였다. 법안은 북송 때 없어지고, 남송에 와서는 영은사에 임제종臨濟宗 등이 밀려온다.

－《금강반야경》은 혜능慧能이 처음이 아니고 2~300년 전 관중학파關中學派 구마라집鳩摩羅什 때 이미 확정된 것이다. 그 증거로는 혜능에 100년 앞선 《속고승전續高僧傳》과 혈사血寫 등이 있다.

【선생님은 1991년까지만 해도 마조가 무상無相에게서 배운 점을 강조했으나, 이제는 그가 무상에서 나와 행주좌와와 평상심平常心(是道也)이 모두 선禪이라 하고 노무勞務를 강조한 바, 이것이 강서江

西·강남江南을 휩쓴 것으로 보고 있다.】

－삼계교에서는 신행信行 이하 모두 250계를 버리고 들일을 하였다. 당시 계를 어기면 바라이波羅夷 죄를 범하는 것으로 목을 치는 처벌을 받아야 했다. 마조馬祖 때는 이것이 상식이 된다.

일본의 우이 하쿠주(宇井伯壽) 교수는 선종禪宗의 4·5조祖가 몇십 명의 제자를 어떻게 먹여 살렸겠느냐의 문제를 자연 발생적으로 보아 얼버무리려 하였다. 상주相州에서 신행信行의 삼계교가 출발한 때는 혜가慧可·혜만慧滿과 같은 시기이다.

【여기서 송광사의 현봉玄鋒 스님은, 신행 이전에 산중山中 수도가 있었다면 어떻게 먹고 살았을까 하는 의문을 제기했다.】

－인도 초기불교의 중생 제도(상구하화上求下化의 행화行化)는 형이상학적 해탈이지 사회적 구제(운동)와는 무관한 것이었다. 정신세계·사유思惟세계에서의 해탈이었다. 본생담에서 사자에게 몸을 던져 주는 것은 아직 대승으로 가기 전의 이야기이다.

－돈점頓漸 토론은 신회神會로부터 시작되었다. 우리나라에서는 보조普照 스님 이래의 일이다.

－나옹·태고는 다분히 정치적이고, 백운白雲이 오히려 대단했다. 유신儒臣의 기록에서 나옹은 사형死刑 받은 것으로 되어 있으나 불교에서는 병사病死라 하였다. 절에서는 '통곡의 바다'라고 표현하였다. 태고도 피해를 입었다.

- 서천 108조설祖說의 지공指空은 협잡꾼이다. 당시 인도에는 '불佛' 자字도 없었다. 이미 1000년 전에 말살된 것이다.

- 소주蘇州 호구산虎丘山은 원광圓光이 성실론成實論을 강의하던 곳이다. 남경南京의 섭산攝山, 호주湖州의 하무산霞霧山은 남송시대 지성인들의 중심지였다.

1992년 7월 24일, 우속촉도又續蜀道 곧 제3차 중국 탐사 도중 서안西安에서

- 현재의 백탑사百塔寺는 원래의 것이 아니다. 이곳은 신행信行이 숨을 장소가 아니다. 백탑사는 깊은 골, 숨어 지내는 곳이어야 한다.

【옛 지상사지至相寺址에 자리한 국청사國淸寺 주지 본지本智에 의하면, 백탑사는 지상사의 하원下院이고 지상사는 상원上院이었다고 함. 지상사에는 먹을 물이 없어 산꼭대기에서 길어다 먹는다는 그곳 스님의 이야기에, 현봉 스님이 "의상 스님이 계시던 곳은 대개 물이 없거나 귀하다" 하였다.】

1992년 7월 25일, 서안에서

- 백탑사·지상사는 인민을 위한 불교정신이었다. 그래서 불교 보수세력이 황제를 설득하여 억압·탄압한 것이다.

1992년 7월 27일, 서안의 호텔에서 아침 식사 중

　－각覺이라는 개념은 중국 선禪불교의 경우 오대五代·북송北
宋 때 처음으로 나온 것이다.

1992년 7월 28일, 서안의 호텔에서 아침 식사 중

　－향적사香積寺는 정토계淨土系인데, 일본인들이 절 하나 지어
주고는 정토종 2조로 불리는 선도善導와 일본 정토종 개조인 법
연法然이 서로 마주보며 대면하는 대형 족자를 그려 걸어 놓은 것
이다. 이런 것은 아름답지 못하다. 일본에는 망월望月의 계통을
비롯하여 세 가지 정토종이 있다.

1992년 9월 14일, 서교동 선생님 댁에서

　－균여均如의 글에는, 의상義相(625~702)이 제자와 나눈 대화
와 강연이 생생히 묘사돼 있다.
　－지엄智儼의 《화엄오십요문답華嚴五十要問答》의 〈사십팔
四十八, 보경인악의普敬認惡義, 제구회향초석第九廻向初釋〉은 그가
삼계교에 철저히 동조하고 있었음을 보여준다. 특히 "자신유시악
인自身唯是惡人(자신이 오직 악인이다)"라는 대목이 극히 중요하다.

―의천은 32세 때 송에서 귀국한다. 스스로 현수교賢首敎로 칭한 정원淨源 법사에게서 수학하였기에 정원의 말을 그대로 따른다. 그래서 승통僧統이 되어 7조상祖像을 모시는데, 용수계龍樹系의 중관론中觀論을 따르고, 그중에 현수를 꼽는다. 그에 따라 의상義相과 균여均如가 제거된다. 의상은 출가인의 자각을 강조하는 현대적 불교였다. 상주계相州系의 지론地論이 그러했다. 의천은 중국의 것과 다른 우리 불교를 몰랐다. 그런 우리 불교를 보조普照는 알고 있었다.

의천은 47세에 입적하는데, 그 한 달 전 참회하고는 세친世親 계통의 지론종地論宗에 따라 9조상祖像을 모신다. 그리고 의상 · 원효를 성사聖師로 모신다.

1992년 11월 28일, 선생님 댁에서

―유식唯識의 《섭대승론攝大乘論》에는 진제眞諦의 구역舊譯과 현장玄奘의 신역新譯이 있는데, 원측圓測(613~696)이 푸대접 받는 이유는 구역에 따라 아뢰야식阿賴耶識을 옳은 것으로 보았기 때문이다. 신역에서는 그것을 망상妄想으로 본다.

신라에서는 원광圓光 · 자장慈藏이 모두 구역을 가지고 왔다. 원측이 그것을 지켰다. 그리고 그것이 더 받들어지자 뒤에 그는 현장 계系에서 괄시 받았던 것이다. 원측(84세에 입적)은 83세까지 측천무후의 10인방에 끼었다. 현수賢首가 물론 대장이었다.

─야부끼 게이끼(矢吹慶輝) 교수도 8종불법種佛法에 대해 이야기한 것은 없다. 그러나 지엄智儼은《화엄오십요문답華嚴五十要問答》에 삼계교 신행信行의 8종불법 장문長文을 그대로 옮겨 놓았다.〈화엄공목장華嚴孔目章〉에서도 마찬가지이다.

─원효는 귀족파이고, 의상은 민중파이다. 범일梵日이 의상대를 짓고 의상에 가탁하였다. 범일은 동해안 무가巫歌에서 산신령이 되어 어민·농민을 보호한다. 석가가 진감眞鑑을 만나 무릎을 꿇었다는 이야기 등은 범일의 발상이다.

원효와 의상은 같은《섭대승론》(구역)에다 같은 화엄 인식을 갖고 있었으나 제자들이 서로 주장을 내세우다 갈라서게 되었다. 신라 경순왕이 고려에 투항함으로써 귀족파의 원효종이 그대로 고려에 수용되었다.

한편 고려 태조의 복전福田인 희방사喜方寺가 의상계였다. 의상의 법손法孫이 균여均如다. 광종光宗이 원효종을 꺾으려 균여를 중용한다. 그러나 나중에 도리어 반격을 당해 균여는 타살되고 만다. 균여의 '구액보救危寶'는 삼계교 계통인데, 그것이 일체 기록에서 빠졌다.

【여기서 반산半山 유柳 선생이 보충한다: 고려 불교의 천기天其와

수기守其는 동일인물이다. 의천義天의 '천天' 자를 기휘忌諱한 것이다. 이 스님이《균여전집均如全集》을 몰래 고려대장경에 보판補板으로 집어넣었다. 분사도감分司都監이어서 대장도감판의 밝힘이 없어도 괜찮던 것이다. 균여均如·일연一然은 같은 향가(민중)문화이자 삼계교 계였다. 의천은 경經이 없다. 그래서 엉터리다.】

─지눌知訥은《육조단경六祖壇經》을 처음 보았던 것이다.

─원효는 현수賢首를 몰랐다. 현수가 원효를 인용한 것을 후에 불교학자들이 대단하게 치켜세웠다. 원효의 제자들이 현수를 갖다 붙였다.

1992년 12월 23일, 선생님 댁에서

─현수의 화엄은 57세쯤《금사자장金獅子章》에서 바뀌어, 그 후 60대 초에 마지막으로 유식唯識 쪽을 완전히 제거하고 용수龍樹의 공空으로 가버렸다. 이후 징관澄觀·규봉圭峯이 삼계교를 모르고 그것을 계승하였다.

─일연一然이 조동과 의상義相·균여均如의 화엄을 대장경에서 연결하였다. 당시 개태사開泰寺·송광사松廣寺(일연이 지눌知訥을 요사遙嗣)·정림사定林寺는 한통속이었다. 일연이 (경초선) 인민불교를 높은 종교 사상으로 승화시킨 것이 대장경이다. 이것이 그 의의다.

1993년 1월 23일, 선생님 댁에서

　－삼론종의 개조開祖 가상嘉祥 대사는 충실한 삼계교 후원자였다. 이 길장吉藏 스님이 죽어 조장鳥葬을 치르고 지상사至相寺 뒤 동굴에 묻힌다.

　－정업사淨業寺에서 지상사까지는 12km가 아니고 6km이다. 《삼국유사》에 의상이 도선道宣의 공양 초대에 응했다 하고 있다. 그래서 6km로 보아야 하는 것이다.

1993년 2월 6일, 서교동 어느 커피숍의 사랑방에서

　－현수賢首가 보법普法을 〈보현십원품普賢十願品〉에다 붙여 놓았다. 그가 쓴 《탐현기探玄記》에 나온다. 측천무후가 현수에 매달렸다. 그래서 태원사太原寺에서 숭복사崇福寺까지 사寺가 격상하는 동안 현수가 계속 상좌上座하였다. 현수는 정말 '곤란한 사람'이었다. 그는 712년 입적하였고, 그 이듬해 713년에 현종玄宗의 쿠데타가 있었다. 끝까지 무후의 세력(중종·예종)과 같이하였다.

　최치원崔致遠도 당唐에서 그런 불교를 배워 온다.

1993년 2월 17일, 마포구 서교호텔 커피숍의 사랑방에서

　－매천梅泉은 《오하기문梧下記聞》에서, 노론老論·남인南人(서학西學)이 동학을 비판하면서, 그것이 정감록 때문에 망한 것이라

고 하였다. 소론계인 영재寧齋도 동학을 인정하지 않고 비판하였다.

ㅡ 원측(613~696)과 의상(625~702)이 관계 없는 것이 이상하다.

ㅡ《송고승전》은 규기窺基를 극찬하면서 원측을 대단치 않게 본다.

ㅡ 현장玄奘은 자진自盡한 것이 아닌가?

1993년 4월 5일, 이화여대 후문께 그린하우스의 사랑방에서

ㅡ 혜원慧遠(334~416)은《사문불경왕자론沙門不敬王者論》을 썼다. 도선道宣이 군친君親에게 절하지 않는다고 한 뜻은 간접적·은유적·우회적이다. 측천무후에 아부한 허경종許敬宗의 군친에 대한 궤배跪拜와는 크게 다르다. 현수를 위시한 승려들이 모두 6만 명이나 달려들어 무후武后 모母에게 절하고 나니, 도선이 이에 대해 경계한 것이 아닌가⋯⋯.

【유반산柳半山의 보충: 환현桓玄이 혜원에게 절하라고 할 수 없었을 것이다. 또는 그렇게 할 정도가 아니었을 것이다. 그것은 환현의 질의에 대한 혜원의 견해이다. 혜원의《사문불경왕자론》의 입장을 헤아려야 한다. 그 핵심은《형진불멸론不滅論》이다. 이것은 현장과 구마라집이 각기 번역한《유마힐경維摩詰經》의 '배拜'에 대한 것으로 매우 중요하다. 일본에서는 그 배경과 의미를 놓치고 있다.】

－무후武后는 IQ가 안 좋다. 시라토리(白鳥庫吉)의 제자 쓰다 소키치(津田左右吉)에게는 '명석한 두뇌의 소유자'라는 관사가 붙었었다.

같은 날 오후 사랑방을 연세대 앞 미네르바 커피숍으로 옮겨,

【유반산柳半山의 이야기: 정관지치貞觀之治의 당태종唐太宗은《금강경》을 번역시켜 애독·애송하였다. 그리고 현장을 아껴 줄곧 신하가 되라고 하였다. 조선의 세조世祖는 태종太宗을 숭배하고《금강경》을 애송하였다. 조선의 양반관료층은 왕에게 후궁을 많이 넣어 정력을 뽑고 경연·조정·상소 등에서 성현지도聖賢之道를 주입하여 왕을 순화시켰던 것이다.】

1993년 4월 17일, 사랑방에서

－1945년 해방 후 연희대학교에 와서 내가 서두수 교수에게 "언젠가 엇조론調論을 쓰겠다"고 했지.

【유반산柳半山 이야기: 임제선臨濟禪은 사기 및 무식한 층의 것이다. '할' 하고 방망이질 하는 것이 그러한 전형이다. 법안종—서여西餘 선생은 화엄선華嚴禪과 동일시 함— 5조祖 문익文益이 그렇게 질타했다. 간화선도 그런 성격의 것이다. 조동선이 지식층의 선禪이다. 한국에는 일연一然과 설잠雪岑뿐이었고 오늘날에는 서여西餘가

있다.】

1993년 5월 15일, 사랑방에서

【유반산의 이야기: 이류중행異類中行과 《유마경》은 거리가 멀다. 《유마경》의 '행어비도行於非道'에 대해 매월당梅月堂이 고민하였다. 이류중행은 비도非道로 떨어지는 것이다. '이노자고理奴自枯'(돌고양이 · 무소)가 이류중행이다. 그러려면 피모대각被毛戴角해야 한다. 이류중행은 남을 구제하는 것과는 무관하다. 백장百丈은 "보살의 병을 인색함으로 고친다"고 하였다. 이것은 당처當處에서의 직절直截이다.

스즈끼 다이세츠(鈴木大拙)는 《조주록趙州錄》이 밑천이었다. "내가 있는데 부처는 왜 묻는가?" 하는 것이 그것이었다. 임제臨濟는 한참 떨어진다. 그럼에도 불구하고 유명해진 것은 그 똘마니들 때문이다.】

─ 회창파불會昌破佛 때 임제는 하북河北 절도사 밑에 있었다. 원인圓仁의 기록에 저간의 사정이 밝혀 있다. 우이 하쿠주(宇井伯壽)의 《선사상사 연구禪思想史硏究》에는 피모피毛나 이류異類에 대해 일체 언급이 없다. 야나기타 세이잔(柳田聖山)도 마찬가지이다. 일본에서는 그것을 싫어하는 모양이다. 끝에 가서 어록語錄만 열거 · 번역하고 있는데, 그런 것은 무의미하다.

1993년 5월 20일, 선생님 댁에서

- 신라 불교에서는 화엄과 선禪이 하나였다: 학문은 화엄이고, 실천은 선이었다. 《삼국유사》에는 유가儒家를 선사禪師라 하였다. 신라·고려에서는 화엄을 배워 유학하였다. 현수교賢首敎는 9세기에 최치원崔致遠이 가져 왔다. 《법장전法藏傳》이 그것이다. 이에 대해 의천義天의 오류가 있다. 남전南泉도 상주인相州人이다. 이류는 마조馬祖에게서 배운 것이 아니고 가져온 것이다. 그것이 조동曹洞으로 가고 법안法眼에서 끊어진다. 그리고 일연一然으로 전한다.

1993년 6월 5일, 서교호텔 커피숍의 사랑방에서

- 《송고승전宋高僧傳》에서 규기窺基는 최상으로 극찬 받는다. 반대로 원측圓測은 아주 낮춘다, 폄하된다. 흥교사興敎寺 탑비塔碑의 원측 상像은 가루라와 닮았다. 민중의 안목이 거기 반영되어 있다. (유반산의 의문: 가루라는 호법護法인데⋯⋯.) 이 상은 원래 낙양洛陽에 있던 것을 측천무후의 입김이 살아 있을 때 현 주소로 옮긴 것이다.

- 이류중행異類中行·피모대각被毛戴角은 남전南泉이 황하에서 가져온 것이다. (반산의 보충: 《참동계參同契》가 이류중행의 기초가 되었다.)

– 약산藥山을 석두石頭 밑에 붙인 것은 150년 뒤 《조당집祖堂集》에서 논점을 변경한 것이다.

– 최치원崔致遠은 《삼국유사》를 보아야 한다: 71세까지 살았다. 고려 초기 고려 왕의 부탁으로 중국 황제에게 편지를 보낸다.

– 이류중행은 고통을 나누어 가지라는 고통 분담과 그 마음자리이다. 일연의 《삼국유사》에 그것이 일관되어 있다.

1993년 7월 11일, 서교호텔 커피숍 사랑방에서

– 최치원의 상산常山은 진천鎭川이다.

【반산의 이야기: 이류중행은 《지장경》·《유마경》에서 왔다. 피모대각·이류중행은 임제종에도 있다. 지장을 알려면 고통에 대해 연구해야 한다. 고苦는 고집멸도 사제의 으뜸이다. 소승(남방)불교에 고통에 대한 경전이 다수 있다. 융(C. G. Jung)에게 구약성서의 욥(Hiob)에 대한 짧은 논문이 있다. 조선조의 진묵震默은 "성인은 고통을 찾아가는 사람"이라 하였다. 이류중행은 '고통을 찾아가는 이'를 말한다. 마조의 제자 등은봉은 물구나무 서서 죽었다. 그 누이가 이에 대해 "죽어서도 말썽"이라고 하였다.】

1993년 7월 19일, 삼속촉도三續蜀道(제4차 중국 탐사) 도중 북경에서

– 관당觀堂 왕국유王國維 선생은 자기모순이 극심하였다. 신학

문을 하고도 끝까지 변발하고 청조淸朝를 섬겼다. 이 모순성은 강화학江華學의 이건창李建昌과도 일맥상통한다: 고집, 대중〔시세時勢〕과 영합하지 않는 점이 그러하다.

– 매천梅泉이 영재寧齋를 두고 "살아서도 혼자더니 죽어서도 혼자……"라던 그 삶의 정신·태도가 중요하다. 영재는 가족·식구를 돌보는 법이 없었다.

– 왕국유는 곤명지昆明池 얕은 못에 6월 3일 연꽃이 만발할 때 거꾸로 머리를 박고 죽었다.

– 옛날 한韓·일日, 아니 (동아시아학) 세계 중국학에서는 왕국유를 얼마나 인용했는가의 정도에 따라 평가하였다.

– 가난한 왕 선생이 그의 선생 나진옥羅振玉에게 빚지고 독촉에 쫓겨 자살했다는 설도 있다.

– 중국에는 경극京劇이 TV에 방영된다. 판소리에는 뺑덕어미·놀부·변사또 등의 세계가 있다. 인간적이다. 이것을 문화에 깔도록 글을 써야 한다.

【중국민족학회장民族學會長 송촉화宋蜀華 교수와 북경대학 한국학 교수 양통방楊通方이 사천인四川人과 조선인의 같은 점을 4가지 들었다: 1. 벼농사, 2. 애 업는 것, 3. 매운 음식, 4. 순대. 이에 서여 선생이 한 가지 추가했다: 5. 미인美人인 점.】

1993년 7월 22일, 북경에서

─나는 평생 왕국유에게서 심대한 영향을 받았다. 〈춘향전 오
칙春香傳 五則〉· 고문자 연구 · 복식 연구 등이 그렇게 나왔다. 20
대 초 연희전문대학에 다닐 때부터 내가 복식 연구에 최고로 여겨
져, 신협新協의 무라야마(村山)가《마의태자》등의 공연 때 나에게
복식 자문을 구했지.

왕국유는 중국 국학國學의 틀을 잡아준 분이다. 한국학을 하
려면 왕국유 전문가가 나와야 한다(나에게 부탁하는 말씀).

**1993년 7월 25일, 서안西安 주작朱雀호텔에서 새벽 6시 선생님이 전화로 부
르셔서 감, 선생님 방에서**

─지자智者 지관止觀(523~597), 신행信行 보법普法(540~594), 길장
吉藏 삼론三論(549~623), 도선道宣(596~667), 지엄智儼(602~668) : 이들
은 과목이 달라도 같은 길을 걷던 이들이다. 수고하는 민중을 구
제하는 일이 그것이다.

이것이 현수賢首에 이르러 체제불교로 바뀐다. 그는 15세에 현
장玄奘과 결별하고, 뒤에 지엄智儼의 화엄을 중관계中觀系로 바꾸
고 무후武后의 체제에 이론을 제공한다. 체제불교로 만들고는 무
후와 결탁한다. 이것은 서양에서 아타나시우스 종교회의 후 신학
이 체제화되는 것과 비견된다. 무후는 전국에 대운사大雲寺를 설

치·조직한다. 일본이 8세기 중엽 이것을 배워 동대사東大寺를 중앙에 두고 전국에 국분사國分寺를 설치하였다. 신라에는 의상義相이 있어 그렇게 하지 못했다.

1993년 7월 26일, 서안 주작호텔에서 저녁 식사 때

【선생님의 논문 〈강화학江華學 최후의 광경〉을 영상화하는 일을 내가 여쭈었는데, 선생님이 동의·허락하셨다.】

–경재장耕齋丈의 관棺이 경성역에 닿아 2등 대합실에 있었다. 며느리가 그 관을 모셔온 것이다. 이때 이경하의 재취부인(간호부)이 망또를 벗어던지고 하얀 가운을 입은 채 시어머니께 큰절을 올렸다. 첫 대면이었다. 내 논문에 이 사실을 쓰지 않았다.

–상해 임시정부 때 망명객의 객사客舍에서 신의주 갑부 집 아들인 문호암文湖岩 선생 등이 외출복이 없어 밖에 못 나갔다. 위당爲堂 선생은 이런 이야기를 일체 안 들려주셨다. 내가 개인적으로 추적하여 안 것이다.

–김구 선생은 영재장寧齋丈을 사모·존경하였다. 귀국하여 강화江華로 묘소를 찾을 생각이었으나 뜻을 이루지 못했다. 상해 임시정부 인사들은 모두 소론계少論系로 강화학과 관련된다.

–강화학과 왕국유王國維는 통하는 정신이다. 호적胡適이 《홍루몽紅樓夢》을 처음 손대고는 그것을 홍학紅學이라 불렀다. 왕국

유는 중국 희곡을 宋대에 연원한 것으로 보았다. 돈황까지 못 갔다. 그때는 변문變文이 아직 연구되지 않았다. 변문 · 속강승俗講僧은 그 뒤에야 연구된다. 왕국유의 《인간사화人間詞話》를 양주동이 내게서 빌려 보고는 혹하여 안 돌려주려 하였지.

– 위당은 정만조鄭萬朝와 8촌 간으로 그의 덕을 본 적도 있다. 그는 30세 전후에 대신(대제학)으로 일본에 2~3주 가서 경도학파京都學派도 만나보았다.

– 아오끼(靑木)의 《명청희곡사明淸戲曲史》를 왕국유는 유치하다며 던져버렸다. 왕 선생은 명 · 청의 전기傳奇류를 그리 안 좋아했다. 그러나 아오끼는 왕 선생이 던진 것에 마음 쓴다며 겸손히 접근하였다. 요시다(吉田)는 자기현시욕이 너무 지나쳤다.

1993년 7월 27일, 주작호텔에서 저녁 식사 때

– 학생 때 집안 어른 몰래 한성준의 집에 3년간 다녔어. 승무를 완전히 배웠어. 양금도 배웠지. 박모는 중모리에서 중중모리로 넘어가는 잔모리만 배웠어. 당시 손녀가 결핵에 걸려 갈비뼈 몇 개가 없었다. 지금은 승무 중요무형문화재로 지정돼 있지만 시원치 않아. 당시 승무는 경성 권번 · 한성 권번마다 벌써 달라 있었어. 내가 그때 정정렬 집도 찾아다녔지.

한성준은 일자무식이었어. 당신 집 대문의 문패를 보고 "가운데 글자는 모르겠는데 앞뒤 글자도 모르겠다"고 하였어.

1993년 7월 28일, 서안 주작호텔에서 점심 식사 때
　－일日·한韓 화엄종은 지상사至相寺의 본래 정신을 바꿔치기
한 것이다. 지금 장안長安에서는 화엄종의 조종祖宗·원조를 현재
의 화엄사華嚴寺의 것으로 간주하나 그것은 잘못이다.

의상義相 스님이 화엄을 공부
한 중국 서안의 지상사至相寺
에서 현지 조사하는 서여 선생.

1993년 7월 30일, 주작호텔에서

　―글 쓰는 것이 최고의 악업이다, 피를 말린다.

　―왕국유王國維의 생애와 학문에 관한 내용을 한국 학계에 소개하는 일이 절실히 필요하다. 이윤재 선생의 생애 정리도 절실히 필요하다. 왕국유를 생각하면 이윤재 선생이 연상된다. 배재학당에서 선생께 배웠어.

　―'국학國學'이라는 용어보다 '동방학東方學'이 좋다. 그런 것을 몇 사람이 저의로 바꾸었다. 내가 그보다 아끼는 용어는 '구한九韓 · 구이九夷'(황룡사 구층탑에 쓰임)야.

　―후지시마 가이지로(藤島亥治郎)가 장안長安과 경주慶州의 도시 건축을 비교 연구한 것이 있다. 그의 박사학위 논문인데 그것을 학술지에 연재했다. 단행본으로 내지는 않았다. 고집이지. 원래 공업학교 출신이야. 뒷날 동경東京대학 교수가 됐다.

1993년 8월 5일, 전날 저녁 성도成都에 도착하고 이날 저녁 식사 때

　―고향에 돌아온 것 같다.

속촉도장정續蜀道長征에서 중국 사천성 성도成都의 두보초당杜甫草堂을 찾아 사색하는 서여 선생.

1993년 8월 7일, 성도 사천四川호텔 1층 식당에서 저녁 식사 때

　－내 어릴 때 적선동에 유명한 백가 사주집이 있었다. 어머니와 함께 가 본 적이 있다. 두루마리에다 한문으로 1m 넘게 써 주었다. 그 가운데 기억나는 것은, 60세 넘게 산다는 것과 당시 장안의 최고 부자인 민영익보다 더 부자가 된다는 것이다. 3형제 중위 두 형보다 사주가 뛰어나 어머니가 그것을 귀하게 보관하셨다. 그러나 평생 집안의 돈만 넉넉히 썼지 돈은 못 모았다. 마음

이야 민영익보다 훨씬 부자다.

1993년 8월 21일, 마포구 서교호텔 커피숍의 사랑방에서

- 최근 《동몽지관童蒙止觀》을 보면서 많은 것을 느끼고 무릎을 쳤다. 천태天台는 본래 점차漸次이다. 오늘날의 선禪은 천태를 배운 것이다. 임제·조동 등에서는 선禪이 없었다.

【유반산의 이야기: 세키쿠치(関口)의 《선종사상사禪宗思想史》는 천태의 입장에서 선禪을 깐 것이다.】

- 오늘날의 선종禪宗은 "선산善山장에서 갓 쓴 이만 보면 아버지라 부르는 아이" 꼴이다. 야부끼(矢吹慶輝)는 정토종이다. 그래서 종통적宗統的이다. 예컨대 "당시 천태天台·삼론三論 등이 삼계교에 동정적이었다"고 했는데, 이것은 곤란하다. 동조적同調的이었다고 했어야 했다.

【반산: 얌폴스키(Yampolski)가 "계통에 들지 못하던 유랑승流浪僧들이 선종禪宗을 만들고 문패 달기와 족보 만들기를 한 것"이라 한 말이 옳을 수 있다.】

1993년 10월 30일, 사랑방에서

350~400	이래 좌선坐禪
519	《梁高僧傳》에 習禪 21인
520	達磨가 廣州에서 시작 天台 · 三論 · 地論 · 楞伽宗이 좌선이지만 두타행
662	道宣의 《續高僧傳》에 95인 습선(天台 · 三論) 終南山의 至相寺 · 百塔寺는 행동파
732	慧能 · 神會 등에서 이 전통 타파, 頓悟頓修
846	圭峰－敎外別傳 不立文字 直指人心 見性成佛
952	《祖堂集》·《景德傳燈錄》

【반산: 돈오점수頓悟漸修를 진화론의 관점에서 총체적으로 다루는 작업이 필요하고 중요하다. 지눌知訥은 호족의 후원으로 수선사修禪 社가 가능하였다. 일연은 정안鄭晏이 죽는 바람에 일파를 못 이루었 다. 그래서 송광사에 붙었던 것이다.】

－장손무기長孫無忌와 정안鄭晏, (당)태종 부인과 정안의 누이 는 좋은 비교 · 대조가 된다. 정안은 부석사 장경藏經이 불에 타자 이내 간경을 시작한다.

－일연의 문장이 최고다. (반산이 보충: 《중편조동오위重編曹洞五 位》 서문이 최고) 일연의 대장경 수지록須知錄이 비문에 나오는데 이것도 기가 막힌다. 수기守其에게도 비슷한 것이 있다. 이런 수

지록은 불경을 다 알아야 가능하다.

1993년 11월 6일, 사랑방에서

　-프랑스 드미예(P. Demiéville)의 논문을 추려 야나기타 세이잔(柳田聖山)이 번역한 것이 있다. 드미예 선생도 중국 선禪이 측천무후 뒤에 성립된 것이라고 못박고 있다.

【유반산이 '어머니' 관련 좋은 문장을 꼽음: 사문沙門 용으로《정선치문精選緇文》에 실린 동산양개洞山良价의 어머니 앞으로 보내는 편지〈의망倚望〉, 진묵 대사의〈제모문祭母文〉, 이순신 장군의《난중일기》에서 어머니 때문에 흰머리 뽑는 대목】

　-현장의 제자들의 신라 국적이 흥미로운 문제이다. 신방神昉 등이 예이다. 당시 현장 계 유식학자 · 고승은 모두 신라승이었을 가능성이 크다.

【반산의 이야기:《범망경》에 보면 죽음에는 두 가지가 있다. 분단생사分斷生死와 변역생사變易生死이다. 분단생사는 타의에 의한 것으로 범부의 죽음이 그것이다. 변역생사는 보살이 의지로써 하는 것이다. 예를 들면 균여均如가 그러했다. 고승들의 경우 가부좌하고 의지로 호흡을 중단하여 생사를 스스로 자유로 좌지우지하였다.】

1993년 12월 4일, 서교동의 사랑방에서

– 일연의 《중편조동오위》는 혜심慧諶의 《선문염송》과 같은 사관史觀을 통해 풀어야 한다. 일연과 혜심은 선종사를 훤하니 꿰뚫고 있었다. 《선문염송》은 어록이되 등사燈史를 곁들인다. 그에 비해 《조당집祖堂集》은 등사燈史이되 사상을 곁들이고 있다.

– 중국에서 배워 온 승려들이 신라에 끼어들지 못하고 송광사 지경에 모여 있었던 것이 송광사의 성립 배경이다.

【반산의 이야기: 《중편조동오위》와 균여가 맞아 떨어져야 된다. 그래서 균여의 연구가 중요하다. 일연은 그 서문에서 순지순醇之醇과 여말餘沫로 구분하고 있는데, 이 말을 쓸 때 대단한 자신을 가지고 쓴 것이다. 설잠雪岑이 일본의 조동승曹洞僧을 만나고 같잖아서 《중편조동오위》를 주고 이후 만년에 미정고未定稿로 《조동오위요해曹洞五位要解》를 쓴 것이 아닌가? 중국의 선종 관계 지명을 훤히 꿰고 있던 이가 혜심慧諶이다. 일연은 남해에서 《중편조동오위》의 서문을 쓰고 강화로 간다.】

– 우이 하쿠주(宇井伯壽)의 고마운 점은 조동 승려로서 할 일을 다했다는 것이다.

1993년 12월 25일, 서교호텔 커피숍의 사랑방에서

– 《송원학안宋元學案》에 의하면 장횡거張橫渠의 《서명西銘》은

장사경잠長沙景岑에 직결된다. 장사長沙와 300년 차가 난다. 《서명》은 신新유학이 선종과 싸우며 얻은 것이다. 장사는 세례 요한이다. 약산藥山은 피모대각被毛戴角을 외면하였다.

– 설잠의 《십현담요해十玄談要解》는 베토벤의 〈합창교향곡〉과 같다.

【반산의 보충: 《중편조동오위》에 이류중행·피모대각이 잘 안 드러난다. 잠류潛流는 동의한다】

– 일연의 성격이 모질지 못했다.

【반산의 보충: 일연의 꿈은 원대하였는데……. 《중편조동오위》의 서序는 인류 최고의 문장이다. 표현에 강물의 비유가 16군데 나온다.】

– 마조·석두 계통은 무의미하다. 일연은 철저하지 못했다.

【반산의 견해: 일연은 《중편조동오위》 서序에서 설봉雪峰을 아주 깎아내린다. 조동종과 피모대각을 일치시켜서는 곤란하다. 조동종의 개념 정의가 중요하다.

《대장경》을 다 본 이로는 일연·수기守其·이승휴李承休가 있다. 부산의 서지학자 박영돈 씨가 〈인각사비문麟角寺碑文〉뒷면 대조한 것, 특히 복원한 몇 자字가 중요하다.

일연의 《중편조동오위》는 성종 때 일본에 건너갔을 것이다. 성종 연간에 일본 승려들이 근 100차례나 왔다. 일본은 고려 이래 한국에 와서 《대장경》 등을 극심히 요구했다. 경비가 또 심했다. 성종은 심지어 경판을 주라고 했을 정도였다. '한일문화교류사'의 큰 주제이다. 《조동오위요해》는 그때 준비 중이었다.

《중편조동오위》가 경신년庚申年(1260)에 이루어졌는데, 일본 연룡淵龍이 420년 뒤 경신庚申(1680)에 다시 썼다.】

1994년 1월 3일, 선생님 댁 사랑방에서

– 장사長沙는 《전등록》에만 나온다.

【반산의 보충: 《옥영집玉英集》에 《증도가證道歌》와 같은 구절이 여럿 있다. 냄새가 같다. 장사는 만궁滿弓, 조산曹山은 내리막길, 장사는 청년, 조산은 노년.】

– 《십현담》의 원형으로 《옥영집》을 잡아야 한다.

– 우이 하쿠주(宇井伯壽)는 가끔 큰 실수를 저지른다. 예컨대 "100년 후 어디로 가시겠는가"의 임종 때 문답을 비상식적인 질문으로 본다. 그것은 기실 평생의 깨달음을 재확인하는 중요한 결정적 대목인 것이다.

– 남전南泉의 이류중행異類中行 · 피모대각被毛戴角을 약산藥山 · 동산洞山은 받아들이지 않았다.

【반산의 보충: 이류중행과는 다르나 경허鏡虛와 제자 만공滿空의 대담에 비슷한 것이 있다. 《조주록趙州錄》에 피모대각이 굉장히 많이

나온다. 조주가 그런 행각을 제일 많이 했다. 조주는 남전에게서 배웠다.】

－장사가 제일좌第一座이다. '평상심시도平常心是道'는 마조에서 출발하고 남전을 통해 조주로 이어진다.

－연말연시에 미야자끼 이치사다(宮崎市定)의《수호전水滸傳－허구 중의 사실》(中央公論社 296, 1972)을 읽었는데, 제8장의 장천사張天師 이야기는 절정이야. 미야자끼 이치사다는 평생 이것을 쓰려고 공부한 듯 싶네.

1994년 1월 11일, 서교호텔 커피숍의 사랑방에서

－《종주록宗主錄》에 '이류중행'이라는 말이 자주 나온다. '노새'라는 말도 11번인가 된다. '피모대각'이라는 말은 안 나온다. 그러나 후에 영향은 없다. 동산洞山은 전혀 언급이 없다. 조동종이라는 말은 법안이 처음 붙였다. 당대에는 동산종洞山宗이라고 했다.

【반산의 견해: 조동종의 주主 사상은 이류중행이 아니고 조동오위 사상이다. 동산은 조동오위를, 조산曹山은 이류중행을 말한 것으로 해석할 수도 있을 것이다. 오위가 먼저이고, 그 실천행이 이류중행일 터이다.】

－조주趙州는 스마트하지만 약하다. 남에게 강요하지 않았다. 그래서 후대가 없다.

【반산의 보충: 조주는 좌선을 부정하였다. 공식화된formalized 것을 부정했다.】

　－장사에 관하여는《경덕전등록》이 자세하고,《조당집》은 대충 다루었다.

1994년 1월 20일, 선생님의 송광사 행에 문화일보 조우석 기자가 동행하여

　－내 젊은 시절 호號 하나로 자연보살紫煙菩薩(Tamaha Boddhisatva)이 있어.

　－설잠雪岑의 '잠岑'은 장사경잠長沙景岑에서 따온 것이다. 장사경잠의 말 '백척간두진일보百尺竿頭進一步'는 백척 꼭대기가 높은 경지라는 말이 아니라, 진일보하려면 내려와 평지에서 나아가야 한다는 것이다.

1994년 1월 29일, 서교호텔 커피숍의 사랑방에서

【반산의 이야기: 일연의《중편조동오위》에서 조산曹山의 것(이류중행 관계: 삼종타, 사종이류)을 뺀 이유가 무엇이던가. 순지순지醇之醇者 20여 원員이 조산본적曹山本寂과 동시대 인물들이다. 그래서 일연이 언급한 것이다. 이들은 종파화宗派化하기 전의 조동종이다. 법안문익法眼文益보다 앞선 이들이다.】

　－고려 광종이 사람을 보냈을 때 이들이 조동 관계 자료를 가

져오고, 그것이 일연에게 당했던 것이다.

【반산의 이야기: 계파는 오야붕·꼬붕을 누가 정하느냐의 문제이다. 천왕·천황·동안찰 등이 그러하다. 일연과 서여西餘 선생은 달리 보고 있다: 일연은 석두石頭 밑으로의 이류異類 전개로, 서여는 일연에서도 일탈하고 있다.】

－김영태金煐泰는 조명기趙明基의 잘못된 것을 보고 한국 조동종曹洞宗을 동안상찰에 잘못 붙이고 있다.

－사산비四山碑 중 최초의 것은 몽암夢岩의 것이다.

－고려판《인천안목人天眼目》에는 조동을 마조馬祖 밑으로 넣고 있다. 서산西山은《선가귀감禪家龜鑑》에서 조동만 빼고 모두 마조에 붙여 있다.

【반산의 견해: 남전南泉의 '백척간두百尺竿頭'를 서여 선생이 너무 지나치게 위인복무爲人服務로 해석해서 문제다. '현애살수懸崖撒手'와 함께 생각해야 한다. 떨어졌다 해야 그게 그 자리이다. '지자개只這個'가 일연에게는 '지차개只此個'이다. 이류중행은 있는 그대로일 뿐이다.

설잠雪岑의 '잠岑'을 장사경잠長沙景岑의 잠岑으로 보는 것이 무리이다. 설잠의 글에는 장사에 대한 언급이 전무하다. 시방세계 이야기도 다른 데서, 예컨대 화엄에서 얼마든지 찾을 수 있다. 장사는 이류나 피모를 쓴 적이 없다. 고작 '노태마복' 정도이다. 그런 식으로라면 백장에게서도 이류·피모 관련 이야기는 수두룩하게 볼 수 있다. 선어에는 그런 경향이 두루 존재한다.】

【김지견金知見의 보충: 경초선蓎草禪의 경蓎은 잘못된 글자일 수 있다. 오식誤植이 확실한 듯하다.】

－남전南泉에게서 그것이 여러 번 나온다. 동산洞山의 《보경삼매가寶鏡三昧歌》의 '지초'는 말이 안 된다.

【반산의 이야기: 혜하慧霞의 원형이 일본의 《조동전집曹洞全集》 5권에 남아 있다. 협주夾注로 안 하고 후주後注로 하고 있어 본문의 신뢰도가 높다. 이에 따르면 계보가 또 엉망이 된다. 그래서 《중편조동오위》는 매월당이 일연본本에 자신의 의견을 넣어 일본에 전한 것이 아닌가 생각된다.

조동오위에서 정正과 편偏의 5위位가 문제이다. 예컨대 예수와 유다의 관계에서 유다가 정正이 되면 예수가 편偏에 든다. 임금과 군신의 관계도 마찬가지이다.

일연의 《중편조동오위》는 중요성과 필연성을 갖는다. 의천義天에 의해 망가진, 균여均如의 교教가 죽어버린 고려 불교에 현수의 화엄과 일연의 조동이 나왔어야 했다. 조동 사상의 체계는 방대하고도 엄중하다.】

1994년 2월 5일, 서교호텔 커피숍의 사랑방에서

【반산의 견해: 원효와 의상은 가까우나 그 제자들이 서로 알력이 있었다. 의상 측은 원효가 자꾸 와서 시시한 것을 묻는다 하고, 원효 측에서는 의상 화엄에 별 것 없더라 하였다. 의상 측은 물 없는 벽지에 화엄 10찰刹을, 원효 측은 분황·황룡사를 차지하였다. 신라에서는 구산선문九山禪門(고려 때의 명칭)이 순지순자醇之醇者로 온존하였다.

고려 태조의 불교관은 우선 복전福田을 표밭으로 인식하였던 것이니, 왕권이 강화되면 그것은 무용지물이 될 것이었다.

태조의 4자子인 광종光宗의 개혁은 표밭 정지 작업이었다. 의상파 균여均如를 중용하여 귀법사歸法寺 주지를 시켰다. 그의 이름이 크게 높아지자 광종은 원효파인 탄문坦文을 불러 왕사王師를 시키고, 제자로 하여금 균여를 무고하고 벌하여 죽였다. 혁련정赫連挺이 남긴 그의 행장行狀에는 취조 후 의원 둘을 붙여 보냈다고 돼 있는데, 그것은 죽임 당하였다는 뜻이다. 광종은 수십 명 승려를 송宋에 보내 영명연수永明延壽에게 제자로 칭하게 하며 교육시켰으나, 이들은 돌아와 구산선문에 녹아버렸다.

중앙집권을 강화한 문종文宗의 4자子인 의천은, 그때까지 왕사王師가 대개 거기서 배출된 구산선문을 누르기 위해 정지 작업을 벌이고 교계敎界 통일 작업을 추진하였다. 그는 흥왕사興王寺 주지를 맡았다. 의상義相 화엄을 죽이고 현수賢首 화엄을 내세우며, 다음은 천태天台를 내세웠다. 이 결과 불교계가 타락하고 체제화하였다. 이에 대한 반응으로 지눌知訥은 운동성을 갖는 수선사修禪社 운동을 하였으며, 일연一然은 구산선문의 복원에 나선다. 이것은 역사성을 갖고 조동曹洞 정신을 드러낸다. 일연의 주된 관심은 구산선문의 복원과 순지순자醇之醇者 정신의 회복이었다.】

1994년 2월 28일(음력 1월 19일로 선생님의 생신), 선생님 댁의 사랑방에서

— 경허鏡虛가 홍주洪州에 20여 년 주주住하였다. 이능화李能和와 만해萬海가 홍주인이다. 이들에 대한 영향이 있을 터이다. 이능화의 《조선불교통사朝鮮佛敎通史》에 경허와 관계된 기사가 다수 있다. 경허는 노일전쟁 때 속속俗에 가고, 갑오甲午 이래 단발령이 내렸는데도 오히려 상투를 튼다. 조반성造反性이다.

1994년 3월 19일, 서교호텔 커피숍의 사랑방에서

— 갑오경장에 대한 이건창李建昌의 태도나 경허의 태도나 같았다. 민비가 시해된 이야기를 듣고 대원군이 박장대소하였으니, 나라꼴이 말이 아니다.

1994년 3월 29일, 서교호텔 커피숍의 사랑방에서

【반산의 이야기: 경허당鏡虛堂이 갑산甲山에서 교제하던 사람들 가운데 살아 있던 이가 김탁이다. 이 사람이 경허의 초상을 가지고 있었다. 그것을 수덕사에 넘겨줘 알려지게 되었다. 통도사에서 몇 년 전 간행된 경허·경봉鏡峯의 글(서신書信 포함)에 경허가 사진 비슷하게 나와 있으나 기실 초상을 찍은 것이다.

한암漢岩과 경봉의 서신이 20여 통 있는데, 경봉의 시자侍者가 엮어냈을 것이다.】

－만해萬海의 활판본《경허집鏡虛集》은 오자誤字 투성이다.

【반산의 보충: 수월水月은 경허의 제자가 아니다.】

－1929년 위당爲堂이 난곡蘭谷과 함께 백양사에서 박한영과 경허에 대해 언급한 것이 있다. 오도가悟道歌 이야기가 나온다. 경허는 강계江界에 6년 있었다. 그곳 자북사子北寺는 묘향산 보현사普賢寺의 말사末寺이다.

【반산의 보충: '삭발조염削髮造髥'이라 하여, 매월당梅月堂이 그러했듯이 경허도 머리는 깎았으되 수염은 길게 길렀다. (대)장부의 기개를 버리지 않았던 것이다. 경허를 뵌 적 있는 어느 스님은 "긴 수염에 한 손에는 장죽長竹, 한 손엔 고기 두어 근 들고……"라고 회상하였다.】

－경허의 출생지라는 전주全州 자동리는 덕숭 문중에서 나온

애기이나, 그 정확한 위치는 미상이다. 경허 관계를 위해 이번에 다카하시 도루(高橋亨)의 《이조불교李朝佛敎》를 읽게 될 줄이야. 괜찮은 책이다.

　―5월에 있을 충남대학 강연의 제목을 '경허당鏡虛堂의 북귀사北歸詞'로 잡았다.

　【반산의 보충과 의견: 남유북귀南游北歸는 어떨지. 포광包光 스님이 유명해진 것은 서여西餘 선생 덕이다. 선생이 포광을 올려 세워주고 책 낼 것을 권고하였다. 그래서 원광대학에서 뒤에 《포광집包光集》이 나왔다.】

　―미야자와 겐지(宮澤賢治)의 어휘와 언어가 경허와 상통하였다.

　―《벽암록碧巖錄》에서는 이류중행이 실종되었다. 《종경록宗鏡錄》에는 많은데……

　【반산의 견해: 그래서 《벽암록》을 이 잡듯 쑤시는데 꽤 많이 나온다. 《벽암록》은 임제종이 아니라 운문종의 것이다. 서여 선생이 갖고 있다는, 설봉·운문·설두 3자의 《벽암록》이란 있을 수 없는데? ……】

　―고려 때는 운문도 마조馬祖 계열로 보았다.

　【반산의 보충: 성철이 숨겨 놓은 밑천은 기실 《조주록趙州錄》이었다.】

－설두에는 이류중행이 실종되었다.

【반산의 반론: 그래도 아직 있다.】

－엘리세에브(Serge Elisséeff)가 하버드 대학에서 내게 말하기를, "《신수대장경新修大藏經》은 한 줄에 한 자씩 오자誤字가 있다"하였다.

－마츠모토 분자부로(松本文三郞)는 《속장경續藏經》 편이었다. 《고려대장경》도 내려다보았다. 수기守其도 낮게 평가하였다. 워낙 깐깐하고 또 최고로 깐깐하여 학위를 안 주었다.

〈인도불교 최후의 광경印度佛敎最后の光景〉이 그의 논문집 중 한 편으로 나와 있다. 꽤 장편이다. 〈강화학 최후의 광경〉이라는 내 논문 제목은 여기서 따온 것이다. 그는 가나자와(金澤) 출신이다. 스즈끼 다이세츠(鈴木大拙)도 마찬가지다. 경도대학京都大學을 만든 이 가운데 한 사람이다.

1994년 5월 6일, 사랑방에서

－한국 불교가 삼국 불교 이후 억불로 나락에 떨어진 것은 원래 제격이다. 진흙 속에 피는 연꽃이다. 경허당鏡虛堂이 진짜 연꽃이다.

【우반又半의 생각: 그것이 억불의 다른 의미이다.】

【반산의 이야기: '나락에 떨어진다'의 독일어는 zugrunde gehen. 맨

밑바닥으로 간다는 뜻이다. 일본에서 실존實存의 초기 번역은 '각존覺存'이었다.

《선문촬요禪門撮要》는 경허당이 범어사梵魚寺에 있을 때 펴낸 것이다. 《사십이장경四十二章經》에 이런 대목이 나온다: "수하일숙신물재의樹下一宿愼勿再矣", 나무 아래서 하룻밤 자고 나면 다시 (그렇게) 하기를 삼간다.】

— 경허도 한 곳에서 두 번 안 잤다. 그것이 두타행이다. 한암漢岩이 경허와 함께 지낸 것은 4년에 불과하다.

【반산의 보충: 한암이 스승을 본따 참선곡을 지었다.】

— 반야般若는 한없이 밑으로 내려가는 것이다.

【반산의 이야기: 《열반경》에 사의四義 · 사불의四不義가 나온다. "사람에 의지하지 않고 법에 의지하라" 하는 등의 것이다. 그 세 번째가 요의了義 · 불요의不了義인데, 경허가 그것을 알고 있었다.】

— 불요의는 《능엄경》에 나온다.

【반산의 견해: 경허의 '북귀사北歸詞' 전체는 우국충정의 애국시이다. '북귀사'에서 사辭보다는 사詞가 제격이다.】

— 혜원慧遠의 《사문불경왕자론沙門不敬王者論》은 사문에 대한 경책이다. 경허를 혜원에 붙여야겠다. 경허의 다비와 관련된 구비전승들에 문제가 많다. 경허에 관련한 지명 등 이야기가 많을 텐데…….

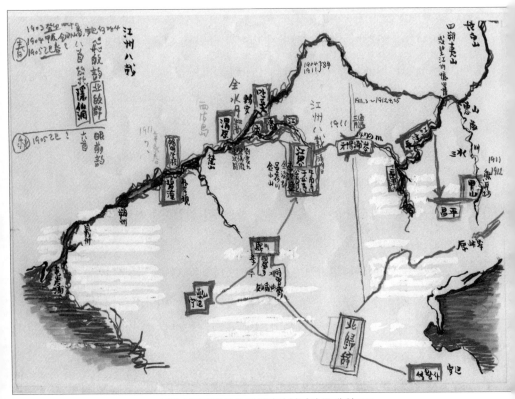

서여 선생이 작성한 경허당의 북귀사 무대 참고도

－경허 다음의 숙제는 '662년 선종禪宗 기원설'이다.

－경허의 시詩에 나오는 양가 빗장수가 혹시 이건승과 어떤 관계가 있는지 궁금하다. 당시 강계江界 일대에 시詩로 화답할 수 있는 이는 몇 안 됐을 것이다.

【반산의 견해: 서여 선생이 엮은 '북귀사北歸詞'에 대한 연구가 필요하다. 경허의 북귀시北歸詩에서 자북사子北寺가 단 하나의 예외일 뿐, 그 이외는 불교적 내용에 대한 언급이 없다. 그러니까 승려로 북귀한 것은 아닐 것이다.】

－한암漢岩이 기억하고 서술한 바, 해인사의 불경을 찍을 때 경허를 '종주宗主'로 표현하였다. 만해의 기록에는 그것이 안 나온다.

【반산의 보충: 경허가 한암에게 준 시詩에 오자誤字가 많다.】

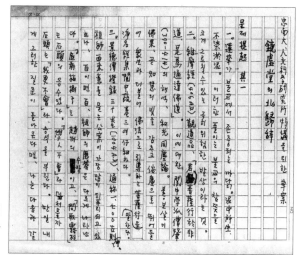

서여 선생의 경허당의 북귀사 논문 집필 초고

1994년 5월 13일 충남대학교에서 〈경허당鏡虛堂의 북귀사北歸辭〉 강연

1994년 5월13일 충남대 인문과학연구소에서 「경허당鏡虛堂의 북귀사北歸辭」라는 주제로 강연하는 서여 선생.

1994년 5월 27일, 마포구 서교동 Greco 다방의 사랑방에서.

　-《노자교석老子校釋》은 주겸지朱謙之가 찬찬撰한 것(북경北京 중화서국中華書局, 1963)이 최고이다. 일본의 오가와도 항복했다. 원래 왕필王弼본과 하상공河上公본이 있는데, 후자가 진짜다.

　-선종禪宗의 시조는 승조僧肇이다. 그런 의미에서 관중학파關

中學派가 중요하다. 관중학파는 독립해서 다룰 가치가 있다. 경도京都 대학에서 전후 츠카모토 젠류(塚本善隆)가 《조론연구肇論硏究》를 냈다. 승조가 집을 장만해 놓은 곳에 선종이 들어앉은 것이다. 《마하지관摩訶止觀》의 '화광동진和光同塵'은 80년 뒤이다. 도액道液의 《정명경집해관중소淨名經集解關中疏》는 760년에 나온다. 그 이전부터 학문의 유파가 있었을 것이다.

【반산의 이야기: 새 판본이 나오면 일본에서는 우선 그것을 베껴먹으나 중국에서는 내용에만 관심을 쏟는다.】

-《유마경》〈불도품佛道品〉에 선종의 핵심이 다 들어 있다.

【반산의 견해: 삼론종과 선종의 관계를 문제로 삼아야 한다.】

-이충익李忠翊이 《능엄경》에 미쳤다. 그래서 없는 돈에 그것을 판각하였다.

-선종이라면 중국 것이고, 노자도 중국 것이다. 그것이 중국(사람)의 미학이다. 한국불교는 실존적 미학이다.

【반산의 보충: 이류중행은 미학이다.】

-기독교와 문둥병(Lepra; 하나님으로부터 저주 받음)을 바라보는 관점이 필요하다. 프란체스코가 중세 기독교에 없었으면 삭막했을 것이다. 천주교는 나병 환자들을 곳곳에 모아 교육적 효과를 보았다.

【반산의 보충: 어제의 패역 살인자는 대승불교에서는 '역행逆行의

보살'이다.】

- 동서고금의 역대 제왕 가운데 몇 십 퍼센트는 아비를 죽이고
왕이 된 이들이다. 타지마할이 그런 예이다.

- 근세의 강화학파江華學派는 르네상스이다. 고 · 금문상서古 ·
今文尙書의 경학 토론이 처음으로 일어났다.

- 옛날 강화에 유 면장面長이 있었다. 김구金九가 귀국한 즉시
영재장寧齋丈 묘소를 참배하려 했는데, 유 면장이 이리저리 핑계
를 대며 만류하였다. "묘소(애무덤) 보셨으면 난리를 치셨을 것입
니다"라고 유 면장이 말하였다.

- 일본에는 대정大正 말, 명치明治 초 사이에 많은 인물이 나왔
다. 시대가 잘 되느라고 그랬는지.

저녁에 장소를 서교가든으로 옮겨

- '빈곤의 미학美學' 같은 것이 있어야 한다. 한국에는 미학이
없다.

- 《관중소關中疏》를 읽으면서 석굴암을 확인할 수 있었다. 불
국사는 법화法華이고 일본 동대사東大寺는 화엄이나, 석굴암은
《유마경》의 세계이다. 10나한 · 관음 · 문수 등이 그러하다. 《관
중소》는 도생道生의 법화와 승조僧肇의 유마를 하나로 한 것이다.
일연이 《삼국유사》에 기록한 석굴암과 불국사의 연기설화는 뜻

딴지 같은 소리이다. 석굴암이 750년부터 40년에 걸쳐 조성되고, 《관중소》는 760년에 나온다. 함곡관函谷關에서 장안長安 도성까지가 관중이다. 도액道液이 처음 썼다.

【반산의 견해: 이류중행 관계로 고려·조선 등 한국의 천역賤役에 대한 연구를 보아야 한다.】

1994년 6월 4일, 서교동 Greco 다방의 사랑방에서

【반산의 이야기: 하루 아침에 나온 사상은 없다. 《도덕경》—관중학파—선禪의 관계가 그러하다. 우리나라 선사들은 불경은 안 읽어도 노장老莊은 반드시 읽었다.】

－《벽암록》에서는 이류중행이 세탁된다.

【반산의 보충: 임제종의 것이니 그렇다. 원래는 운문의 것이었다.】

이류중행이 일연一然·설잠雪岑에서는 더 이상 올라가지 않는데, 경허鏡虛에서는 그것이 '화광동진和光同塵'으로 더 뛰어나간다.

【반산의 견해: 일연의 저술이 다 안 밝혀져서 알 수 없다.】

－일연의 《삼국유사》의 원효 조에 승조 관계가 언급되어 있다.

【반산: 승조의 《조론》은 반야 사상이다. 여래장 사상은 밑에서 위로 올라간다. 그런데 '화광동진'은 위에서 내려온다.】

－일본불교는 불행히도 662년 이후 현수賢首의 체제불교가 된

다. 일본 정토종이 타력他力인데, 경허당은 자력自力이다.

【우반의 견해: 체제에 대한 반응에는 저항과 철저한 순종이라는 두 길이 있다. 그 두 길은 상통한다. 만해의 경우, 저항은 어깨에 힘이 많이 들어갔다. 위당爲堂이 "만해가 불교를 좀 안단 말이야……"라고 했다고 전한다.】

- 관중학파의 장안 자성사資聖寺가 760년이다.

【반산의 견해: 종래 선종의 연구는 종학宗學(신학神學) 위주였다. 제대로 된 연구를 위해서는 시대의 사회사를 알아야 한다.】

어느 찻집에 자리한 서여 사랑방 식구들

－연꽃은 불교의 상징이다. '행어비도行於非道'가 그것이다. 장로長老불교인 소승에서 대승으로의 이행이《유마경》과《법화경》이다.《유마경》의 배경이 되는 바이샬리(Vaiśali)는 상업도시였다. 그런데 유마·법화의 '행어비도'가 세탁되어 뒤에 다시 소승으로 갔다. 유마(방장)가 병들어 과일 하나 뚝 떼어다 놓은 것이 석굴암이다. 경허당이《유마경》을 애독했을 것이다. 그의 '행어비도'가 그런 것이다. 동사同事가 되어야 한다. 동사同事 안 해 보면 sympathy(동정, 연민)이고, 동사同事해야 empathy(공감)이다. 동사同事 의식이 있으면 이미 동사同事가 아니다.

【반산의 견해: 불교에서 구원의 가능성은 점교漸敎이다. 모든 것이 다 있으면 시류불성이다. 그 반대로 없는 것, 문제의 불성립이 돈오頓悟이다.】

－지금 김동안으로 알려져 있는 이의 본명은 변동림邊東琳이다. 이화여대 영문과를 중퇴했지. 김환기의 부인이다. 원래는 이상의 카페69에서 마담을 하며 이상과 같이 살았어. 그이는 남자에게 신념을 주는 사람이야. 변동림이 이상과 김환기를 만들어냈을 것이다. 제대로 평가되어야 한다.

1994년 6월 17일, 선생님 댁의 사랑방에서

－육당본六堂本《삼국유사》의 〈이혜동진二惠同塵〉 조를 보면,

강화도의 한 산기슭에서 강화학파의 어느 고인의 묘소를 찾아내고 참배하는 서여 사랑방 식구들의 모습.

원효(618~686)도 《조론肇論》을 계승·실행하고 있다. 진자眞慈의 웅천熊川은 공주가 아니고 청도를 지나 김해이다. 일연이 또 잘못 보았다. 웅주熊州라고도 했던 것인데 고려 때는 지명이 없어졌다.

【반산의 견해: 일연이 몰랐을 리 없다. 협주夾注로 넣은 것은 일연 의 것이 아니다.】

－화랑도도 '행어비도行於非道'의 정신으로 다시 보아야 한다.

【반산의 보충: 원효의 글은 노장老莊의 문체이다.】

－강화학의 초원椒園－면백逸伯 이후 담로談老(학學)는 계승이

안 된다. 이시원李是遠은 실무형으로 거기에 관심을 안 두었다.

【반산의 견해: 서여 선생이 소장한 《초원담로椒園談老》는 배인본排印本을 내야 한다. 후쿠나 미츠지(福求光司)의 《도덕경道德經》(조일문고朝日文庫)이 최고다. 김경탁金敬琢의 것은 곤란하다.】

– 풍류도는 승조의 것을 계승한 것이 아닌가……《초원담로》는 30여 년 전에 3권을 구한 것이다. 미정고未整稿이다.

같은 날 저녁 서교호텔 2층 화식집으로 옮겨

– '이혜동진二惠同塵'은 의해義解의 첫머리에 있다. '원효불기元曉不羈'도 같은 정신이다. 대신 의상義相은 다르게 표현되어 있다.

【반산의 이야기: 6조祖 혜능이 이야기한 동방 3보살菩薩 가운데 하나가 범일梵日이라는 설이 있다.】

1994년 6월 24일, 서교호텔의 사랑방에서

– 《초원담로》는 49장章이 압권이다. 48장은 무사無事이다.

1994년 6월 29일, 사속촉도四續蜀道로 북경에 와서 아침과 저녁, 중국 민족학회 송촉화宋蜀華 회장과 만나고 나서

– 사천성 성도成都에서 김구金九 · 김규식金奎植 · 엄嚴(김구의 비서) 등의 활동을 조사해 보게.

【배경 설명: 송촉화 교수는 사천성 성도 출신이고 그의 부친은 옛날 영국에서 유학한 사천대학四川大學 영문과 교수였다. 그의 집에 김구 선생이 자주 놀러 왔다. 김구는 사천대학에서 강의했다고 한다. 또 한국인으로 김유식인가 하는 이가 사천대학 영문과 교수였다고 송촉화 교수는 기억하였다.】

내가 보기에 이 분은 김규식인 것 같다. 예일(Yale) 대학 출신으로 뛰어난 영문학자였어.

1994년 7월 2일, 서안에서

―측천무후에게 현수賢首가 《화엄경》을 강의한 곳이 장생전長生殿이다. 《장안지長安志》에는 안 나온다. 대명궁大明宮 안에 있었다.

1994년 7월 7일, 서안 동방주점東方酒店호텔의 선생님 방에서

―사마천司馬遷은 《사기史記》에서 백이 숙제伯夷 · 叔齊를 쓰며 울었고, 도선道宣은 《속고승전續高僧傳》에서 보안普安 · 정애전靜藹傳을 울며 썼다. 보안 · 정애전에 가장 힘을 많이 쏟고, 그 다음이 현장전玄奘傳이다.

1994년 7월 25일, 서교동 Greco 다방의 사랑방에서

【반산의 견해: 주자朱子는 노자老子를 높이 평가하나, 장자莊子는 허황되게 본다. 노자는 '낮은 데로 임하소서……'인데, 장자는 높은 데로 향한다.】

─《초원담로椒園談老》는 높은 경지이다. 초원은 우리나라에서 실담학悉曇(siddam)學을 시작한 이이다. 강화학은 처용가・노자・경학經學・선禪 등 모든 학문에 정통하였다. 경학은 초원의 이종 사촌 동생 석천石泉이 이루었다. 그러나 다산茶山이 그를 부지런히 찾아다녔을 뿐이다. 초원의 글에 그것이 언급되어 있다. 당시 학자들은 어지간히 무던했다.

【반산의 보충: 유자儒者는 말뚝에 줄을 매고 그 끝을 목에 건 개처럼 그것을 반지름으로 하는 원圓의 세계에서 살았다.】

1994년 8월 2일, 서교동 Greco 다방의 사랑방에서

【반산의 견해: 의상義相은 신라 때는 상相(《법계도기法界圖記》), 직계인 균여均如의 경우도 상相(《원통초圓通鈔》)이나, 고려에 오면 상湘(일연의 《삼국유사》), 또 의천義天의 경우는 상想을 썼다. 의천에서는 그것이 피휘避諱 때문이었다.】

─중국 유학승들의 유학 체류 년과 성격을 살펴보면, 그들은 원래 안 돌아올 생각이었다. 그러나 정치적 환경에 쫓겨 귀국하였다. 고려에 오면 간판을 얻으려고 유학한다. 신라 유학승들은 중

국에 가서 더 나아가 인도로 갔다. 예를 들어 혜초慧超는 인도에 갔다가 안 돌아오고 중국에 체류하였다. 신라 왕들은 저들을 보내 달라고 간청하곤 하였다.

1994년 8월 4일, Greco 다방의 사랑에서

  – 애국가는 당시 국가도 없었는데 어떤 개념인가…….
  【동랑冬娘의 견해: 김구金九는 상해에서 자금이 생기면 쓰고 다니고 간혹 사람을 놓아 폭탄을 투척하는 등, 이런 것이 무슨 애국운동인가…….】

1994년 8월 10일 저녁, 서교호텔 2층 일식집의 사랑방에서

  – 일연의 심광沈光에서 '沈'은 계산·대상이 없는 것을 뜻한다.
  【반산의 견해: 민지閔漬의 비문 전에 일연의 행장이 있었을 것이다. 불교의 쇠퇴는 우연이 아니다. 성리학의 공격을 제대로 극복하지 못한 것이 그 원인이다.】
  – 애국이란 '잘 되어도, 못 되어도 내 낭군'이야.

1994년 9월 1일, Greco 다방과 이어서 서교호텔 일식집의 사랑방에서

  – 일연 스님 비문의 음기陰記는 타락한 것이다. 수많은 이름을 적기 위한 것이었다. 그래서 일연 문하가 적막하였다.

【반산의 견해: 그래도 일연이 죽었다 살아난 것은 있다.】

－소파 방정환 선생에게서 많은 영향을 받았다.

－소학교 마치고 배재학당으로 가야 하는 줄로 믿고 있었다. 그런데 선생이 제1고보 가라고 해서 일주일이나 울었다. 일본 선생 밑에 가면 죽는 줄, 사람 안 되는 줄로 생각했었다.

시골에서 4학년 때 서울로 전학 왔다. 12살 때 교장 이하 교사들이 앉아 있는 가운데 이야기해야 할 때 국어國語라는 말을 써야 할 경우가 있어 고생했던 것이 기억난다. 그래서 '일본어 아닌 국어'라고 표현했다. 개조사에서 나온 《엠뻥》, 《일본문학전집日本文學全集》을 소학교 때 읽었다. 강담사講談社의 《소년구락부》도 애독했지. 소학교 졸업할 무렵 이광수李光洙의 《마의태자》가 동아일보에 연재되고 있었다.

1994년 9월 10일 오전, 선생님 댁에 이어 Greco 다방으로 옮겨 사랑방

－회창파불 때 설봉雪峰이 24세였다. 그때 발원하여 《조당집》을 만든다. 그런데 당시 강서江西 절도사가 주지周墀인데 〈사증당비四證堂碑〉의 설계자이다. 그 사실이 〈사증당비〉에 나온다. 그 사람은 사천四川 절도사 유중영柳仲郢의 이전 사람이다. 이상은李商隱의 진사 시험 때 시험관·스승이었다.

〈사증당비〉는 재판 기록의 성격을 갖는다. 《구당서舊唐書》에서

'주지'를 확인하였다. 〈사증당비〉의 내용은 신·구《당서》에는 안 나오고, 《번남문집樊南文集》에서 확인할 수 있다. '사증당비 초탐初探' 논문을 구상하는 중이다. 보림·조당·전등록 계통을 깨는 작업이 될 것이다.

1994년 9월 15일 저녁, Greco의 사랑방에서

　－회창파불에 망가진 혜의사慧義寺를 여남공汝南公이 일으켜 놓고, 다 이루지 못한 것은 하동공河東公이 이상은李商隱과 마무리하였다.

　－상서尚書 하동공河東公이 장안부윤長安府尹인지의 상서직을 받게 한 것이 여남공이다. 그런데 하동공은 한 계급 떨어진 절도사로 사천四川에 내려온다.

　【반산의 보충: 〈사증당비〉 비문 연구는 서여 선생이 최초이다.】

　－이상은의 〈사증당비문〉은 당장 상관인 하동공을 위한 것이 아니고, 여남공을 위한 것이었다.

1994년 9월 21일 점심 때, 서교호텔 커피숍의 사랑방에서

　－이상은은 승僧 지현知玄을 스승으로 받들었다. 지현은 '송승전宋僧傳'에 나온다. 《신당서新唐書》 권182 '주지周墀' 열전에 보면 여남공은 자주梓州 방진方鎭에 있을 때 59세로 죽는다. 여남공의

공功은 사증당四證堂이 아니고 혜의사 전체의 복원에 있다.

【반산의 견해: 주지와 여남공이 동일인물이 아닐 수도 있다. 공公은 유중영의 이야기이다. 그래서《두목집杜牧集》에서 그런 것을 확인해야 한다.】

　- 이상은의 도상시悼喪詩 '대중 5년大中五年(851) 신미칠석칠율부동촉군지산관우설오율辛未七夕七律赴東蜀群至散關遇雪五律'로 보아, 그의 자주梓州에로의 판관 부임은 산관삼척설散關三尺雪인 섣달 그믐께였다. 유중영이 이상은을 왜 불렀을까? 신구《당서》에는 관련 연표가 쏙 빠져 있다.

【반산의 견해: 〈사증당비〉는 내용이 절망적이다. 거기 분명한 것이 하나도 없다. '묘분도장妙分塗掌'이라는 대목도 여남공에 관한 이야기가 아니다.】

　- 혜의사의 복원은 여남, 사증당은 유중영의 일로 보아야 한다. 두목杜牧은 대중大中 6년(847)에 졸卒한다. 그는 당시 중앙의 한림학사였다. 그러면 주지周墀는 그에 앞서야 한다.

【반산의 견해: 유柳가 사증당四證堂의 진영眞影을 구하니 주周가 '묘분妙分,' 곧 손금 보듯 훤히 꿰고 있었다. 그런 의미에서 앞의 공公은 유柳가 분명하다.】

　- '강서염사대부여남공江西廉使大夫汝南公' 대목에서, 대중大中 3년에 절도사를 제수받았는데 왜 강서염사江西廉使인가?

【반산의 견해: 그 세주細注에 '사즉주지似即周墀'라 하여 세주자細注者도 자신 없어 하고 있다.】

－선종宣宗이 또 기이한 황제였다. 39년 동안 바보 노릇을 했다. 무종 다음으로, 중 출신이다. 승사僧史에 나온다.

－주머니 발달과 문화와의 관계는 연구할 가치가 충분하다.

【반산의 견해: 사증당비四證堂碑의 내용은 혜의사慧義寺 복원이 아니고 남선원南禪院 내의 사증당이다. 하동공河東公에게 그림을 그려 달라고 하여 그것을 위해 사증당을 세우고 이상은李商隱에게 당비堂碑를 짓게 한 것이다.】

－하동공이 강서염사江西廉使에게서 진형眞形을 구했다. 홍주洪州 3조祖는 강서江西에 알려져 있었기 때문이다. 그래서 여남공汝南公이 화원畵員 추종고鄒從古를 구하고 또 이상은에게 시켜 당비堂碑를 쓰게 하였다. 요컨대 '강서염사江西廉使 대부여남공大夫汝南公……'으로 읽어야 한다.

1994년 12월 9일 저녁, 서교동 Papaya 다방의 사랑방에서

【반산의 견해: 《노자본의老子本義》 1함函 2책본冊本(1993, 북경)은 원래 90년 전 함풍 연간(1902)에 발행된 것을 되찾아내 영인한 것이다. 강화학의 초원椒園 전통과 동일하다. 왕필王弼의 직계이다. 무無에서 구두점을 찍고 있다. 누우열婁宇烈은 이 책을 전혀 못 보았다. 주

겸지朱謙之는 열거는 했으나 인용은 하지 않았다. 초원의 이 방면 연구는 강화학의 진면목을 여실히 드러낸다.】

－《도덕경》에서는 의분義憤을 발견해야 한다. 최근 암파岩波에 서 나온 후쿠나의 노자老子 연구에는 그런 것이 없다. 백성을 만 인萬人이라고 풀면 곤란하다. 만인萬人은 만인지상萬人之上으로 서의 사대부이고, 백성은 땅을 파먹는 농부이다. 학문을 하려면 sympathize(동의하다, 동감하다)해야 한다. E.르낭(1823~1892, 프랑스 비 판철학파 대표적 인물)이 그러했다.

【반산의 견해: 카우츠키(K. J. Kautsky)나 슈바이처는 르낭을 혹평하 였다.】

1994년 12월 17일 점심 때, 홍익대학교 앞 기소야 식당의 사랑방에서

－명치明治년대에 동경대학東京大學의 초빙 철학교수인 독일인 쾨벨에게 어느 신문사 기자가 "절해고도로 간다면 무엇을 가지고 가겠는가?"라고 질문하자 그는 "베토벤과 또 누군가의 교향곡 악 보"라고 답했다.

이어 Papaya 다방으로 사랑방을 옮겨

－영재寧齋와 위당爲堂의 문장은 명明 귀진천歸震川의 세계이 다. 그것은 인정人情의 세계이다. 일본 경도학파나 일본 학자들은

귀진천을 몰랐던 듯하다.

– 쾨벨에 비하여, 중국의 경우는 무현금無絃琴의 세계였다. 내
가 들은 바, 옛날 사대부들은 사랑방에다 으레 거문고를 세워두었
다고 한다.

– 부산 피난 시절 서대신동 꼭대기에 피난하고 있을 때, 일제
때 안동 영사를 지냈다던가 하는 박석기라는 분이 저녁에 초대했
어. 찾아갔더니 김소희金素姬와 동거하고 있더군. '거문고 한 곡
들으시라'고 초청했다고 했어. 그분은 그 얼마 후 고향인 담양에
가서 무슨 음식을 잘못 드셔 돌아갔다 하데……. 노천명도 초청해
들려주었더니 뜯는 도구 소리가 안 좋다고 해서 연주를 중단하고
보내버렸다더군.

100년 전쯤 충청도에 백낙준이라는 이가 있었는데, 거문고로
산조散調를 탔다. 사대부들이 그것을 듣고는 그를 관아로 불러 볼
기를 쳤다. 신성한 거문고로 상놈의 음악(가야금 곡)을 탔다는 것이
야. 5현금絃琴으로 12현의 세계를 극복한 것이다. 거문고는 마음
으로 듣는 것이지 귀로 듣는 것이 아니다. 그래서 심금心琴이라고
한다. 일제 때 가야금 대가는 홍성 사람 한상준이다.

선종禪宗에서는 금곡琴曲 광릉산廣陵散으로 비교한다. 진晉의
혜강嵇康은 비구니가 배우려 했으나 그것을 안 가르쳐주었고, 그
가 죽자 광릉산은 끊어졌다. 그것이 그래서 법맥의 끊어짐을 말한

다. 야율초재耶律楚材가 광릉산을 연주했다고 전한다.

1994년 12월 23일 저녁, Papaya 다방의 사랑방에서

－서양미술사에는 공백의 공포가 있다. 공백의 처리가 문제이
다. 하수下手는 자꾸 채워 넣으려 한다. 이에 비하여 경지는 석굴
암이다.

－카우츠키(K. J. Kautsky)의 것은 암파岩波문고에 있었다가 일제
말에 절판되었다. 나는 그것을 읽었다.

【반산의 보충: 호세이 대학에서 나온 신역新譯이 있다. 현대의 미신
迷信 두 가지: 1. 교수들이 소장하고 있는 책을 다 읽었다. 2. 고시에
합격한 법관이 《육법전서》를 다 외운다. 청소년, 심지어 대학생들이
번역된 일본 만화를 즐겨 본다. 《Five Star Story》에서 아마데라스가
세계 신격神格의 최고로 등장한다. 청소년은 그것을 서양의 신으로
이해하고 있으니 큰일이다.】

1995년 1월 9일, 서여 선생과 송광사松廣寺로 가서 저녁에 보성·현봉·일
귀 스님과 사랑방에서

【보성 스님이 경허에 대해 들었던 얘기를 전함:

• 경허鏡虛를 이장移葬하러 제자들이 삼수갑산에 갔을 때, 시체 냄
새 때문에 만공滿空이 저만치, 혜월慧月이 그 다음 어정쩡하게 있

고, 전수월田水月만이 혼자 뼈를 아무렇지 않은 듯 추렸다. 일을 다 하고 나서 "너희들 멀었다……"라고 하셨다.

• 옛날 변소 옆에 자라는 독한 식물이 있었다. 열매를 까면 하얀 즙이 나온다. 독하다. 그것으로 술을 담그면 매우 독하다. 경허가 어릴 때, 어른들이 술 지게미 주듯 주어 그걸 받아먹어 주독酒毒에 빠졌다. 이후 술 먹는 버릇이 생겼다고 한다.

• 통도사에서 재무스님인가 경허의 술버릇을 혼내 주려고 아랫마 을에 가 주정酒精만 소주 한 되를 받아 드렸다. 그것을 경허가 다 마 시고, 재무스님은 방망이 들고 대밭에 숨어 기다리는데, 경허 스님 이 "대밭에 달이 떠 있으니 감상하지 않을 수 없다"며 방문을 열고 좌정하였다.

• 해인사 무슨 암자에서 스님들이 암자 이름의 글씨를 받으려 했으 나 붓이 없었다. 그러자 경허가 솜을 가져오라고 하여 나뭇가지를 꺾어 그 끝에다 묶고는 글을 써 주었는데, 그것이 현재 남아 있다고 한다.】

【현봉 스님이 이어받아:

• 탄허吞虛가, 토정土亭이 또 살아나 토정보다 낫다는 우정又亭에게 가서 공부하여 3개월 만에 그가 가진 것을 다 뽑아내었다. 탄허의 재주가 비상하여 우정이 그를 사위로 삼았다. 그 딸이 맏상이었다. 그런데 한암漢岩이 비상하다는 말을 듣고 탄허는 월정사月精寺로 가

서 머리를 깎겠다고 하였다. 한암이 알아보고 머리를 안 깎아도 다 가르쳐 주겠다고 하였다. 한암의 아는 것이 워낙 무궁무진하고 인품에 감화되어 탄허는 정말 머리를 깎았다. 이후 탄허는 월정사에서 나오지 않았다.

• 송광사에도 경허당이 쓴 글씨가 어디에 보관돼 있다고 한다.

• 경허를 계승하기로, 만공滿空은 초생달, 혜월慧月은 반달, 수월水月은 보름달이라 한다.】

1995년 1월 10일 13:00~14:15, 송광사에서 스님 35명에게 '경허당 북귀사 초탐鏡虛堂 北歸辭 初探'이라는 주제로 서여 선생이 강론

– '춘추삼법春秋三法'이라, 한국불교의 세 가지 순탄치 못한 길을 춘추春秋의 논법論法을 빌어 말하고자 한다.

북송北宋 계환戒環의 《법화경요해法華經要解》는 한국에 소개되고 베스트셀러가 되었다. 계환은 어떠한 승사僧史에도 안 나오나 《요해》는 모범 시험답안지였다. 고려부터 조선까지 30번 이상, 거의 40회 간행되었다. 학술적 가치는 없다. 중국·일본에 일찍이 없었던 특수한 현상이었다. 춘추논법으로는 이 책이 한국불교를 망쳤다. 천태지의天台智顗는 안 보았다.

한국불교의 장애물로 a. 의천義天과 b. 서산 대사西山大師를 들어야 한다. 그분들의 공적은 크나 폐단이 커 한국불교를 망쳤다.

먼저 서산 대사의 《선가귀감禪家龜鑑》을 보면, 그것은 교과서 격이다. 임제 · 조계 · 위앙 · 운문 · 법안 등 5종五宗의 대강을 요령 있게 적어 놓았다. 그러나 신라 · 고려 불교에 대한 언급은 전무하다. 중국 선종, 그것도 당송唐 · 宋까지의 것만 언급하고 있다. 특히 5대 종파 중 임제를 직전直傳이라고 하였다. 나머지는 방계일 뿐이다. 이에 따라 '선종 하면 임제종'이라는 등식으로 이해하게 되었다. 조선 말 사람들은 서산을 태고보우太古普愚에까지 올라가 보았다. 그렇게 보고 계보를 내려 작성하였다. 태고는 이미 40 대에 일가一家를 이룬 이로, 석옥청공石屋淸珙에게서 15일을 지냈다. 석옥이 제자로 삼고 싶었던 이는 백운경한白雲景閑이었다. 춘추논법으로는 서산이 한국 선종을 망쳤다.

다음으로 의천義天을 보면, 그의 《속장경續藏經》 간행은 세계적 위업이다. 40세 때 중국에 1년 다녀온다. 귀국 후 관제官制불교를 만든다. 즉 현수賢首의 화엄교학을 강제로 펴고자 하였다. 당시 세친世親의 지론종계地論宗系 화엄이 아직 있었다. 지엄智儼 – 의상義相 – 균여均如로 이어지는 지상사계至相寺系 화엄, 충청도 개태사 등이 그런 것이었다. 이것을 의천이 갖은 수단으로 깨뜨렸다. 일연은 의천이 지나간 뒤 100년이 좀 못 되어, 송광사 혜심慧諶 등과 동지적 유대를 가지며 '한국불교가 이래서는 안 되는데……' 하고 고민한다.

《삼국유사》의 25편 향가鄕歌 중 10여 편이 〈보현십원가普賢十願歌〉를 위시한 균여의 것이다. 이두吏讀로 기록된 것이다. 그것을 수기守其가 개태사에서 한문으로 바꾸어 간행한 것이《원통초圓通鈔》이다. 오늘날의 짜여진 중국불교적 인식으로《삼국유사》를 보면 잣대가 맞지 않는다. 예컨대 '이혜동진二惠同塵' 조의 혜공惠空(원효의 스승)과 혜숙惠宿이 그렇다.《삼국유사》에 보면 혜공은 미친 중이다. 그 끄트머리에《조론肇論》을 언급하고 있다. 혜공이 이르기를 '전생前生에 내가 지은 것'이라고 한다. 요컨대 거기에 정통하였음을 의미하는 것이다. 중국불교에 오염되면서 그것에 오염되지 않은 신라·고려 불교가 땅속에 묻힌다. 이것이 일연에 의해 다시 서술된다.

일연의《중편조동오위重編曹洞五位》2권은 한 번 내자 없어져 다시 땅속에 묻힌다. 20 수년 전 일본 경도대학에서 내가 발견·확인하였다. 여기에 이류중행·피모대각이 무려 30회 가량 나온다. 그것은《유마경維摩經》의 '행어비도行於非道'의 정신이다. 일연 사후 300년이 지나 조선조 설잠雪岑이《조동오위요해曹洞五位要解》를 냈으나, 한번 나온 후 민간에 전해지지 않는다. 여기까지가 작년의 강의 내용이다.

작년 서울로 돌아가서 경허당鏡虛堂을 찾게 되었다. 여러 가지 책이 나왔으나 정곡을 못 찌른다. 경허는 경자庚子년(1903) 해인사에서 한암漢岩에게 '여법자한암與法子漢岩'이라는 글을 준다. 한암이 28세 때이다. 그는 경허를 따라가려고 하나 작별하고 만다. 그리고 한 자 소식 없다가 전수월田水月이 천장암天藏庵으로 소식을 전해 경허의 타계를 알린다. 만공滿空·혜월慧月이 강계로 가서 전수월과 함께 갑산으로 향한다. 한암의 〈경허행장鏡虛行狀〉에는 고종 16년(1879) 경허가 계허 화상을 찾아가는 기사가 나온다.《고종실록》에 바로 그 해 호열자 창궐의 기사가 있다.

1995년 1월 10일 19:00~20:25, 같은 주제로 두 번째 강론

• '화광동진和光同塵'은 노자老子 4장과 51장에 '화기광동기진和其光同其塵'으로 나온다. 이것을 불교에 끌어들인 이는 400년 전후 승조僧肇이다.《유마경》의 '보살행어비도菩薩行於非道'에서이다. 400년 전후 이때 불교는 격의格義불교였다. 마조馬祖의 제자 남전보원南泉普願에 이르면, 그는 이것을 이류중행異類中行이라고 표현하여 다듬어 낸다. 그리고 한 걸음 더 나아가 피모대각被毛戴角이라고 표현한다. 이러한 주장은 금관조복의 무리에 의해 박해받기 마련이다.

법안문익法眼文益이《십현담十玄談》에 주註를 달며 재거론한다. 일연·설잠이,《선종오종강요禪宗五宗綱要》에서 환성喚醒이, 그리고 경허당이 그것을 계승한다.

이찬삼이 북한 잠행 보고에 '같이 울어줄 줄 알아야'라고 쓴 것은 보현보살이고 지장보살이다.

일연은《삼국유사》'이혜동진'에서 화광동진을 거론하고 있다.

• 한암이 경허의 행장에서 '송과료사십사개광음送過了四十四介光陰'이라는 표현으로 경허의 생년生年을 따졌다. 해인사에서 경허·한암 두 분이 만난 것이 1900년이니, 이렇게 따지면 정사년丁巳年 1857년이 되는데, 그것이 오류이다.

한암의 〈경허행장〉은 1931년에 나온다. 1943년 만공이 만해萬海에 위촉하여 약보略譜를 쓰는데, 거기에는 1849년 기유생己酉生으로 되어 있다. 경허가 〈서룡화상행장瑞龍和尙行狀〉을 광무光武 4년(1900)에 썼는데, 거기에 '내 나이 55세'라 하였으니 경허는 1846년 병오생丙午生이다.

• 경허가 한암을 처음 만났을 때 그는 55세였다. 한암과의 인연은 4년에 불과하다. 1903년 두 분은 작별한다. 그때 각기 58세와 28세였다.

1912년 강계江界에서 전수월田水月이 천장암에다 경허의 입적을 기별한다. 한암과 만해의《경허집鏡虛集》에는 오언五言·칠언七言의 수많은 시詩가 실려 있다. 그러나 그것을 화투장처럼 막 섞어 놓았다.

명정明正의《경허집鏡虛集》책 끝 부록에 행장 약력이 있다. 행장이라면 한암의 것이 가장 좋다. 고종 16년(1879) 경허는 호열자에 걸려 입사立死하는 마을을 체험하는데, 사실 이때 그의 나이는 34세였다. 같은 해 '우무비공牛無鼻孔'을 듣고 활연대오한다. 그러나 이에 대하여 아직 정당한 해석을 못 보고 있다.

남전南泉의 임종 문답에 '남의 집(檀越家)의 소'가 되겠다는 이야기가 나온다. 조주趙州로 판단되는 제자가 '뒤를 따르겠다'고 하니, 남전의 대답인즉, '꼴이나 (한 줌) 물고……' 오라는 것이었다. 위산潙山은 소로 자처한다. 그에게는 소·말 이야기가 무수하다. 《조주어록》부터 이런 대목들이 세탁된다. 조주의 동료인 장사 경잠長沙景岑도 피모대각 행行을 하였다. 그렇게 한 100년 유행하고는 900년 되면서 그것이 세탁된다. '편안히 중노릇 할 수 있는데……'라며.

경허의 '우무비공牛無鼻孔'은 《장자莊子》에 나오는 바 황하신黃河神 하백河伯과 북해신北海神 약若과의 대화에 '우마사족시위천 낙마수천우비시위인牛馬四足是謂天 落馬首穿牛鼻是謂人,' 즉 천연天然과 인위人爲 이것을 생각한 것이다.

루소(J. J. Rousseau)는 18세기에 "자연으로 돌아가라"고 외쳤다. 그는 프랑스 혁명 10년 전에 죽었으나 혁명에 영향을 끼쳤다. 프랑스에서 많은 핍박을 받았다. 그에 대하여 볼테르(Voltaire)는 "네 발로 걸어다니는 것 (싫다) 못한다"고 반박하였다.

• 경허당은 8년간 강계에 체류한다. 많은 동지들과 더불어 그에게 가장 행복했던 시절이 아니었던가 나는 생각한다. '유은선동사수遊隱仙洞 四首'에 보면(1904년 봄으로 보임) 그의 다른 시詩에서 볼 수 없는 어떤, 속으로부터 솟구치는 분노가 표출되어 있다. 그 배경을 나는 다음과 같이 가정한다:

1895년 을미乙未년, 일본 조동종의 젊은 승려가 고종 앞에서 조선 승려의 경성京城 4대문 출입을 놓고 호령을 한다. 그 해 민비가 살해된다. 그러고는 중들이 세상 만났다며 경성을 출입한다. 그것도 인력거·안경·개화장을 이용하면서 그리 한다. 동대문 안 각황사와 동대문 밖 원흥사에서는 수천의 승려가 회의에 모인다. 10여 년 뒤 전국사찰령이 내려졌을 때 저들이 한 자리씩 차지한다.

이때 경허당은 20년 몸 담았던 천장암을 떠나 범어사·해인사·통도사로 향한다. 그리고 살아서는 내 발로 4대문 안을 밟지 않겠다고 결심한다. 한암도 4대문을 밟지 않았다. 무슨 일이 있으면 신촌 봉원사에서 사람을 불렀다. 여기서부터 박해가 시작된다.

이능화李能和가 《조선불교통사朝鮮佛敎通史》에서 경허를 악담하였다. 천장암의 경허 이야기를 마설魔說이라 하였다.

1903년 뒤따르려는 한암을 말려두고 경허는 혼자 떠난다. 금강사에서 머리를 식히며 〈비귀운飛歸韻〉을 남긴다. 그리고 강계에서

8년을 지낸다. 경술년에 나라가 망한 소식을 듣는다. 이듬해 더 고행한다. 제 몸에 분풀이를 하는 것이다. 거기서 서울 – 강릉 거리에 있는 갑산甲山으로 가고, 1912년 입적한다.

1995년 1월 22일, 서교동 Papaya 다방의 사랑방에서

　－담배를 논하는 '연경煙經'이 있어야 한다.

　－교황 요한 바오로 2세의 책은 경허당의 부정×부정의 논조이다. 화광동진和光同塵을 강화하고 있다.

　－수월水月에 대한 전승을 조사해야 한다.

　【반산의 견해: 경허당의 입전立傳을 위해서는 기독교《신약新約》의 공관복음을 보아야 한다. 또한 경허의 족보, 매월당의 영향 등도 중요한 문제이다.】

1995년 1월 27일 사랑방에서

　－선록禪錄에 '여하시불如何是佛…마삼근麻三斤'이라 하고, 《전등록》에도 그것이 나온다. 여기에서 마 3근이란 민중의 옷 한 벌을 말한다. 부처가 너나 나 같은 보통사람이라는 뜻이다.《삼국유사》를 이류중행異類中行의 안목으로 다시 보아야 한다.

　－송광사 · 수덕사 등에서 경허당 관련 구전口傳을 채집하는 일이 중요하다.

1995년 2월 10일 저녁, 서교동 Papaya 다방의 사랑방에서

　－최근 일제의 민족정기 훼손의 일환이라며 '쇠정'을 뽑는 작업이 거론·진행되고 있는데, 큰 문제이다. 일제는 더 과학적이었다. 그런 것은 오히려 비뚤어진 심성이 조작했을 것이다.

【반산의 이야기: 효봉曉峰이 금강산 입산入山 전 간도로 가 전수월田水月을 찾았다는 이야기가 있다. 법정法頂의 〈효봉전기〉에 나온다. 한국《불교인명사전》의 '원명元明'조, '전수월'조에도 나와 있다. 경허당 연구를 위해서는 전수월에 대한 연구가 뒤따라야 한다. 수월이 오대산에서 한암과 함께 수행하였다. 서로 아주 가까웠다. 경허당에 관한 자료도 한암에게 넘어갔을 가능성이 있다.】

1995년 2월 25일, 사랑방에서

　－ (서여 선생이 정리한 수월水月의 약보)

• 수월水月(1855~1928), 홍성洪城 태생

• 29세까지 머슴살이

• 천장암에서 태허泰虛 아래 천수주千手呪

• 월정사에서 한암과 정진

• 1903~1904년에 강계江界 자북사子北寺에 주석

• 순종 초(융희 원년) 1907년~ 묘향산 비로암에서 3년 주석

• 만주, 백두산에서 농사 3년 지음

- 동녕현東寧県, 동삼차구東三岔溝에 6년
- 1921년에 왕청현汪清県 라자구蘿子溝의 화엄사華嚴寺에 주석(8년 간)
- 1928년, 74세, 법랍 45세로 입적
- 경허당(1846~1912): 1904년 북귀사北歸辭, 1905년 강계 자북사

- 효봉원명曉峰元明(1888~1966), 평남 양덕 태생
- 1923년(36세) 3년 방랑(이때 화엄사로 와 수월을 찾음)
- 1925년(38세) 금강산 신계사 보운암普雲庵에서 석두石頭 하에 득도
- 1926년 통도사

 − 어릴 때 내가 느려서 어머니가 '늘르맥이'라 하셨다. 밖에 나갈 때 방에서 입고 있던 바지를 그대로 벗고 나가니 어머니가 "뱀 허물 벗듯이……"라 하셨다.

1995년 3월 5일 오전 11시, 서교동 Papaya 다방의 사랑방에서
 −수월이 가 있던 만주 라자구蘿子溝·동녕東寧은 간도 넘어서 흑룡강성 깊숙이 들어간 곳이다.
 −70년대 법정法頂이 주도해서 만든 《효봉어록》에 만주 쪽 관련 내용이 제대로 안 나온다.

－환성－호암－보인 계통 법손만 신계사 주지를 했다. 따라서 1935년 효봉의 석두石頭 하下 득도는 그 전에 이미 있고서 찾아간 것으로 볼 수 있다. '그 전에' 자기 세계를 확보한 것이 아니던가. 경허가 당시 살아 있었더라면 경허를 찾았을 것이다. 그래서 수월을 찾은 것이다.

【김지견 교수의 보충: 효봉이 수월을 찾은 얘기를 들은 적이 있다. 효봉 문하에서 확인 가능할 것이다. 예컨대 송광사 방장 승찬회광은 원래 초등학교 교사 출신인데 효봉에 관하여 제일 많이 알고 있다.】

【반산의 견해: 경허가 호암을 이은 것으로 갖다 대었다.】

－한국에서 국가로부터 사형 당한 스님으로 셋 또는 넷이 나온다. 나옹 · 보우 · 환성喚醒 · (균여均如)가 그들이다. 장살 당했다. 나옹은 회암사에서 금부도사에게 끌려갔다. 그리고 반야문으로 나갔다고 하는데, 그것은 죽어서 나가는 문이다.

【김지견 교수: 제주도에는 삼성입적지지三聖入寂之地라 하여 세 성인이 입적한 곳이 있다. 국가로부터 사형 당한 스님으로 보우는 확실하고⋯⋯. 유점사 계는 체제불교를 따르지 않겠다는 것이 아닌가.】

【반산: 체제가 바로 손을 쓰는 것이 아니고 승단 내의 사람을 엮었다. 서여 선생 식 독법에 의하면 불교사는 엉망이 된다. 모두 죽일

놈이 된다. 예수의 경우도 마찬가지다.】

- 회암사에서 개성까지 사람들이 줄을 이었다고 한다.

【반산의 견해: 야담野談은 구전으로 전해내려 온다. 예컨대 진묵震
默 스님에 관한 것은 초의草衣 선사가 후대에 정리하였다.】

- 중앙불교대학을 세우고《전등록傳燈錄》을 강의할 사람을 찾
았으나 못 찾았다. 모두 화엄 계통이었으니까.

【김지견 교수:《한암집漢岩集》을 준비 중인데 지금 쯤 나왔을지 모
르겠다. 한암도 수월을 통해 경허를 익히 알고 있었다. 효봉도 한암
과 상당히 밀착되어 있었다. 효봉에게 '학눌學訥'이라는 이름을 지
어준 이가 한암이 아닌가……. 송광사는 나옹 계통이다.】

【반산: '재야불교사在野佛敎史'는 매우 재미있고 중요하다.《효봉어
록》에 회광승찬은 완전히 제외되어 있다.】

【김지견 교수: 법정法頂을 두고 '중물 안 들었다'고들 한다.】

- '냉면을 육수에 말지 않았다'도 비슷한 표현이다. 수월이 머
슴을 살다가 29세에 천장암 행行을 했다 하는데, 그 사이에 무슨
배움이나 연관이 있었을 것이다. 그러다가 천장암으로 갔다고 보
아야 한다. 예컨대 효봉의 엿장사 행각이 있다. 수월이 천장암에
서 부목을 했다는 의미는 남다르다. 혜능慧能이 그러했다.

【반산: 중 예비코스로 머슴·엿장수·부목 등을 해야 한다. 깨졌다
는 것은 '휴休'라 한다. 부목한의 목은 목木에다 인人변으로 한다.】

- 오노 겐묘(小野玄妙)의 《불교미술과 역사佛教美術と歷史》에 혜초慧超의 족보가 나온다.

- 《불교佛敎》 56권, 소화昭和 25·6년인가에 수월 관계 기사가 있다.

【반산의 보충: 단지 '부고'일 뿐이다. 거기에는 전田 대신 전수월全 水月로 나온다. 해외 유학 한국 승僧에 관해서는 70년대에 김영태가 정리한 것이 있다. 대만의 엄모嚴某가 50년대에 이미 입화入華 한국 승을 정리해 놓았다.】

- 이능화의 《조선불교통사》 끝에 30본사本寺의 어느 절이 어느 계통이어야 한다고 서술되어 있다.

【반산: 휴정休靜이 사명당四溟堂으로 전하지 않고 편양언기鞭羊彦 機 쪽으로 넘겼다. 사명당은 의병장으로 체제에 붙였다. 살생도 그 렇게 넘긴 것이다. 경허의 호암虎巖에서의 상전相傳은 아니다. 갖다 붙인 것에 어떤 의미가 있다.】

1995년 3월 11일, 서교동 Papaya 다방의 사랑방에서

- 해방 후 원효로의 어느 불교 절집에 독립단이 모였다. 김구金 九 선생도 매일 거기 출근했다. 내가 백두산 정계비 등을 주제로 반년 가까이 강연했다.

- 석왕사 중과 해인사 중이 만나 측간에 관해 이야기하는 것이

있는데, 과장과 '구라'가 대단하다. 그리고 팥죽 쑤는데 보트를 타고 가느니 하는 등 '구라'는 의미심장하다. 모아 다룰 만하다.

－종교와 순교의 문제도 중요한 주제이다.

【반산의 보충: 기독교의 Apocrypha(위경僞經)의 순교가 처절하다. 불교의 순교 개념은 인도의 것이 기독교와 통한다.】

－승우僧佑의 《홍명집弘明集》과 도선道宣의 《광홍명집廣弘明集》이 있는데, 《홍명집》에서는 불교 사상이 모두 다루어진다. 예컨대 제왕 앞에 절해야 하는가 마는가, 신身은 멸멸滅하느냐 아니냐 등이다. 선종禪宗에서는 혜원慧遠이 처음으로, 그리고 200년 후 도선이 《속고승전續高僧傳》에서 그런 정신으로 다룬다.

【반산: 《홍명집》은 포교론布敎論이다. 다른 교敎와의 차이를 밝힌 것이다.】

1995년 3월 18일, 서교호텔 커피숍의 사랑방에서

－이광사李匡師가 말한 '활발발지活潑潑地'는 《역대법보기歷代法寶記》와 주자朱子에 나온다. 그것은 지남철의 바늘이 굳어 있는 것을 부시는 것이다.

강화 덕천 이李씨 집안에는 비문이 없다. 불문율이다. 옥사獄事 때문인데, 관학官學·주자학朱子學에 대한 오기와 한恨이 거기에 있다. 대신 묘지명墓誌銘은 남녀 없이 철저했다. 광사匡師도 그러했다.

'활발발지活潑潑地'는 졸업장이 아니고 commencement(학위수여식, 졸업식)이다. 깨달음 후 화광동진和光同塵 · 이류중행異類中行으로 가는 것이다. 조동曹洞이 대표적이다. 경허鏡虛도 34세에 졸업하고 시작한다.

발潑은 원래 발鱍로, '고기가 펄펄 뛰는' 것을 말한다. '연비려천 어약우연鳶飛戾天 魚躍于淵'은 《중용中庸》의 핵심이다. 송학宋學이 중요하다.

'무無'는 효봉이 죽을 때 "무無라, 무無라, 무無라" 했다는데, 자기를 비우는 것이다.

【반산의 보충: 효봉은 제자들에게 공부를 안 시켰다. 책을 못 보게 했다. 그래서 법정法頂이 보는 소설을 뺏어 아궁이에 집어넣었다. 종교체험은 사수死水가 생수生水로 되는 것이다. 예컨대 《유마경》에서, 유마 거사가 "부처의 세계가 왜 오탁汚濁하겠는가" 하며 발가락으로 대지를 클릭하자 청정세계가 펼쳐진다. 그렇게 못 보고 있는 것이 문제이다.】

— 맹자의 호연지기浩然之氣도 마찬가지다. 이후 《서명西銘》도 다 같은 세계이다. 주자朱子는 대혜종고大慧宗杲에 심취했었다.

【반산: 그래도 만년에는 그를 형편없이 보았다.】

—《산중일기山中日記》의 저자인 정시한丁時翰은 산에 가서 전

서산錢緒山의 《심경부주心經附註》를 읽었다. 퇴계退溪 계통이다.
노론老論은 예학禮學 쪽이다.

　【반산: 불교사 가운데 아난阿難의 전기를 쓰고 싶은 생각이 간절하
다. 불교에서는 기도에 꼭 스승이 참관한다. 입마入魔(temptation) 방
지를 위해서이다.

　한유韓愈의 불교 비판 논문이 있다. 거기서 그는 종교 위에 서서 보
고 있다. 정치가 항상 종교 위에 있다.】

　―경허의 〈중노릇 하는 법〉에 '다리 뻗고 우는', '손뼉 치며 우
는' 모습이 나온다. 각 문화별로 우는 모습과 의미를 연구하는 일
은 민족학民族學의 중요한 작업이 되겠다.

1995년 4월 14일, 서교동 Papaya 다방의 사랑방에서

　―초원椒園은 긍익肯翊을 일체 문집에서 언급하지 않았다. 무
시해버렸다. 긍익은 양자養子로서 가야 할 길을 지키지 않고 전라
도 외가外家에 가서 배부르게 지냈다. 여기서 초원이 화가 난 것
이리라.

　강화학江華學의 어른들이 귀양 갈 때도 종을 데리고 다녔다. 그
러나 사람으로 취급한 것은 아니었다.

　【반산: 초원보다 6세 위인 신재信齋는 초원에 비하면 불학佛學에도
아재비 격이었다. 그는 《능엄경楞嚴經》에도 빠삭했다. 초원은 좀 가

벼운 점이 있다.】

1995년 4월 20일 저녁, 서교동 Papaya 다방의 사랑방에서

【반산: 범부凡父는 '범보'로 읽어야 한다. 부父는 여기서 보甫와 같다. 경허당鏡虛堂은 '쓸데없는 물건을 완달구宛達九라 한다'고 한 적이 있다. 신대우申大羽의 호 완구宛丘의 출전이 궁금하다.】

　－공자孔子에 무슨 완구宛丘인가가 있다.

《대연유고岱淵遺藁》 말미에 다산茶山이 송파松坡 사람인 윤외심尹畏心이라는 묘한 인물을 언급하고 있다. 허무주의자였다. 그가 죽자 다산이 실신지경이 되고, 이어 석천石泉이 죽자 거의 실신한다.

위당爲堂 선생이 내게 강화학과 관련하여 한 마디 언급한 것이 없다. 정양완에게는 더 그랬을 것이다.

【김지견: 윤석호 선생에게서 3년간 《주역周易》을 공부하였다. 선생은 위당의 시詩를 많이 외우고 있었다.】

【반산: 윤석호의 아버지와 위당이 친구였다.】

　－나는 윤석호를 만난 적이 없다. 그래도 위당의 진짜 제자는 윤석호지……．

【반산: 《한국인물100인선》에 위당에 대하여 윤석호가 쓴 것이 있다.】

- 내가 쓴 '위당 행장'의 내용에 대해 정양모는 전혀 모른다.

【반산: 윤석호가 12세 때 위당 앞에서 아버지의 명으로 명정銘旌을 두고 쓰기로 '추우명정습부비秋雨銘旌濕不飛'라 하니, 이에 위당이 "자네가 가르칠 아이가 아니니 내가 가르쳐야겠다" 하였다.】

- (김소희金素姬의 타계 소식을 듣고) 부산 피난 시절 생판 모르는 박석기가 나를 집으로 초대하여 그의 거문고를 듣게끔 조직한 이가 그의 부인 김소희였다. 박석기는 이듬해 담양에서 죽었다. 기인奇人이었다. 누가 박석기 전기를 써야 할 것이다.

【반산: 옛날 국어 교과서에 위당爲堂의 편지가 실려 있었다. 따님 양완이가 언급돼 있었다.】

-《초원집椒園集》은 두 가지가 있다. 하나는 규장각 본이고, 다른 하나는 영재寧齋 선생의 손孫 집에 있었던 것이다. 후자는 중간중간 뜯겨져 나간 것이다. 혹 뒤지로 쓰려고 그랬는지……. 전자는 다카하시(高橋亨)가 집안에 수장하려고 가져오게 해서 이필상李弼商에게 베껴 쓰게 한 것이다.

1995년 4월 28일 저녁, 서교동 Papaya 다방의 사랑방에서

- (김구경金九徑의《교주역대법보기校注歷代法寶記》를 가져와서 보여주며) 김구경은 일본 대곡대학大谷大學에서 스즈끼 다이세츠鈴木大拙의 제자였다. 그래서 높이 평가하였다. 한국전쟁 때 납북되고

죽었어.

【반산의 보충: 그의 《능가사자기楞伽師資記》가 일품이다.】

－'활발발지活鱍鱍地'가 여기에 3번 나온다.

조주趙州가 원래 남전南泉을 계승했다. 그래서 이류중행 · 피모 대각이 많이 나온다. 그런데 일본 학자들은 끽다喫茶를 중시하면서 본 모습은 못 본다.

【반산의 보충: 끽다는 조주의 '십이시가十二時歌'와 같이 보아야 한다. 퇴계退溪의 언행록에 제자들과 '活潑潑地'에 대해 논의한 것이 많다.】

－율곡栗谷이 유명해진 것은 당쟁 때문이다.

송만갑宋萬甲 앞에서는 고수가 잔가락을 못 쳤다. 그런데 한성준은 기생춤을 두고 잔가락을 되게 쳤다.

1995년 5월 7일(석탄일) 11:00, 서교동 Papaya 다방의 사랑방에서

－신재信齋(이영익李令翊)는 1780년 초여름 43세로 졸한다. 1777년에는 부친 원교圓嶠의 관을 호남 신지도薪智島로부터 운구하였다. 1780년 초 초원椒園과 신재는 만리재에서 자고 이튿날 헤어져 신재는 평양으로, 초원은 강화로 떠난다. 그리고 신재가 곧 죽는다. 초원이 신재를 두고 제문祭文을 쓰는데, '천년에 한 번 나오는 천재'라 하였다. 신재가 7살 위였다.

【반산: 초원椒園의 시詩는 매월당梅月堂에서 시작하여 그를 많이 언급한다. 기분이 좋다.】

－을해옥사乙亥獄事(1755)의 근원은, 오래로는 송우암宋尤庵 · 윤극尹拯의 예론禮論 논쟁이고, 직접은 경종 · 영조에 대한, 영조 섭정에 대한 노老 · 소론少論의 반목이다. 여러 번 뒤집힌다.

－통도사 명정明正의 《경허집》에는 유교에 대한 내용 중 큰 오류가 많다. 예컨대 신숙信宿은 원래 재숙再宿의 뜻이다. 그리고 편액 같은 것을 써 주고 '호서귀湖西歸……'라 했는데 귀歸는 래來의 뜻으로, 경허의 경지를 엿보게 한다.

【반산: 귀歸는 승僧이다.】

－초원과 같은 시대에 남기제南紀濟의 《아아록我我錄》이라는 재미있는 책이 있다. 남기제도 평생 서울 출입을 안 했다. 초원과 왕래하였다. 이 책은 사색四色이 모아서 용문산龍門山에서 토론하는 내용의 것이다. 석천石泉이 말죽거리인가 남기제 집에서 《아아록》 원본을 찾아보고 글을 붙인 것이 있다.

다산茶山도 이 한강 유역의 인물 중의 하나로 보아야 한다. 대연岱淵에 보면 윤외심尹畏心의 글이 많은데, 《다산집茶山集》에도 윤외심의 글이 많이 실려 있다. 왜 그랬는지 궁금하다. 윤외심 · 이면백 · 다산 · 남기제 등은 문학의 세계이다.

1995년 5월 15일(스승의 날) 저녁, 서교동 Papaya 다방의 사랑방에서

－《아아록》의 저자 남기제南紀濟는 한국 최초의 현대인이라 하여 좋다. 노론 계이고, 김석문金錫文의 글을 외우고 있었음을 보면 석실서원石室書院(당堂)계系이다. 농암農巖(김창협金昌協)계이기도 하다. 《회귀回歸》 제5집(범양사 출판부, 1989)에 내가 '설하남기제만뢰기질자순시雪下南紀濟輓誄其姪子順詩'를 번역한 것이 있다. 석천石泉과 동시대이다. 석천의 글을 보면 《아아록》의 글을 보고 "이렇게 좋은 글이 있는지 몰랐다"고 감심感心을 적어 놓았다. 석천이 14년 아래이다. 남기제는 권위에 대해 회의를 느낀 현대인이었다(서여 선생이 남기제의 《설하집雪下集(下)》을 우리에게 보여줌).

－하곡霞谷의 집이 미동학교 자리이고, 초원椒園의 집이 전前경기대학교 자리에 있었다.

－초원을 보면 한 마디 남을 비판·시비한 대목이 없다. 도인道人이었다.

1995년 5월 19일 저녁, 서교동 Papaya 다방의 사랑방에서

－(서여 선생이 남설하기제南雪下紀濟의 《정변아아록正辨我我錄》 소화昭和 3년(1928) 본을 가져옴) 이 때 것이어서 사침선장四針線裝이다. 조선 때는 오침선장이었다. 당쟁에 관한 노론계 논의다. 《당의통략黨議通略》은 소론계의 것이다. 그 서序에 보면, 종현손從玄孫 남

정필南廷弼이 그 내용에 틀린 것이 많아 바로잡았다고 하였다. 그러니까 남기제의 원문에다 변辨을 붙여 정正한 것이다.

【반산: 아직도 우리 사회에서 당쟁 연구는 불가하다. 모모某某한 이는 다 당색黨色에 분류되어 있다.

초원이 서광사 함월해원涵月海原의 문하였다. 함월은 1770년에 입적入寂한다. 초원이 이 때 26~27세였다. 입적 때 궤홍軌泓에게, 제자 가운데 궤軌를 외호한 이가 초원임을 밝혔다.】

－조선 500년에 불교인으로 두 사람 반이 있다. 매월당梅月堂과 이충익李忠翊이 둘이고 추사秋史가 그 반이다.

【반산의 이야기: 청송聽松이라는 호를 쓴 이는 고형곤이다. 이리 농업학교 출신이다. 동아일보 기자를 역임했다. 해방되고 6·25까지 서여 선생과 신촌에 같이 있었다. 장남이 고서균 대법원 판사이고, 3남이 고건 전 국무총리이다. 맏며느리는 고형곤의 제자인데, 서여 선생 댁과 더 가까웠다. 그의《선禪의 세계》는 하이데거(Heidegger)와 선禪을 비교한 것이다. 김지견金知見의 화엄 관련 책을 빌려가 이통현李通玄의 화엄을 한동안 연구하였다.

만해萬海의 《십현담주해十玄談註解》가 그래도 날카로운 데가 있다. 문재文才가 있어서 그렇다. 최근 다시 한 번 읽어보았다. 《만해전집》에서 〈십현담 비주〉를 보아야 한다.】

－만해의 그것은 곤란하다. 조동오위를 모르고 그것을 썼다.

법안法眼의 주註는 우리나라에만 전한다. 조동오위는 절강까지는 가나 강북江北을 못 넘어갔다.

고려 광종光宗이 법안法眼의 제자로 수십 명을 보내 배워오게 했으나 저들은 일본의 천동天童에게서 배웠다. 일본 조동종의 시조라는 도겐(道元)은 말류末流이다. 그는 천동을 하늘같이 모셨다. 도겐의 조동종은 지관타좌只管打坐의 실천불교이다. 그는 제자들에게 '조동오위'를 못 보게 하였다.

피모대각은 양자강 강좌江左의 절강에서 고려로 들어왔다.

【반산: 법안종은 화엄선華嚴禪이다. 고려 불교의 세계화를 위해 구산선문을 없애려면 법안종을 가져왔어야 할 필연성이 있다. 우리의 한자 발음은 오吳나라의 것이다.】

－불교의 외호外護로는 조선 덕종德宗의 왕비인 인수仁粹대비이다. 이에 대한 연구가 있어야 한다.

1995년 5월 27일 오전~오후, 서교동 Papaya 다방으로 이어진 사랑방에서

－《아아록我我錄》의 출처는 《춘추春秋》이다. 거기에 '지아자기유춘추호 죄아자기유춘추호知我者其惟春秋乎 罪我者其惟春秋乎'라 되어 있다. 《아아록》은 '나를 알고 내 잘못을 깨우쳐 주는 책'이라는 뜻이다. 남기제南紀濟는 한국의 몽테뉴이다.

이준경李浚慶이 자신의 유서에 "당시 젊은이들의 움직임이 수

상하다. 앞으로 후환과 혼란이 예상된다. 대책을 세우라"는 말을 남기자, 율곡栗谷이 "사람이 죽을 때는 선한 법인데, 이준경은 악하다. 관직을 박탈하라"라고 하였다. 이것을 《아아록》의 말미에서 다루었다. 석천石泉이 감탄한 것이 이것이다. 《당의통략黨議通略》에서 이건창李建昌은 이것을 첫머리에 내놓는다.

　－위당爲堂이 '마니실이군묘지명摩尼室李君墓誌銘'에서 강화학江華學의 계보를 놓고 내가 평한 것과 비슷하게 평한 대목이 있다. 그러나 이광신李匡臣을 전서산錢緖山에 비유한 것은 곤란하다.

【반산: 초원椒園이 얼마나 울보인지 문집에 보면 온통 '독獨', '루淚' 자이다. 사연이 있어, 감정이 있어 우는 것이 아니다. 그냥 있어도 눈물이 줄줄 흐른다. 1권을 읽고 난 느낌은 '대시인大詩人'이다. 각 시詩에 불교 용어를 꼭 한 구절씩 넣고 있다. 그는 도인道人은 절대 될 수 없다. 정情이 극하다. 특히 "총무정서역점이摠無情緒亦霑頤(아무 정서 없어도 울어 턱이 젖는다)"라는 대목이 그러하다.

초원이 술을 매우 좋아했다. 술에 관한 시詩가 많다. 특히 탁주를 좋아했다.】

　－이광사는 feminist이다. 광정·광사가 모두 소실을 두었다. 당시 사대부집안의 풍이었다.

【반산: 당시 내외 관직이든 소실을 두는 것이 법이었다. 내직의 경우 점심소실을 두었다. 초원의 시詩에서 어려운 것은 지명·인명·

연표의 문제이다. 특히 옛 지명이 그렇다. 그가 갑산甲山에 가 있을 때 그곳 민속을 생생하게 묘사하고 있다. 옛날 귀양 가면 오지·벽지에서 의사 노릇을 하고, 문화를 심어주고, 교화하는 일 등을 하였다. 초원은 기장에 가 있을 때 의사 노릇을 하였다. '강화시회江華詩會 두루마리'라는 시詩는 초원에 족탈불급이다.】

　ー초원의 내림인지, 시원是遠·건창建昌 모두 지방에 가다가 절·불상이 있으면 절하였다. 초원의 글은 일연一然의 것처럼 우리나라의 글이 아니다. 글로는 이씨李氏 집안에서는 초원·대연岱淵·영재 이렇게 셋이 났다.

【반산: 초원은 이규보李奎報를 좋아했던 듯하다. 시詩를 대조할 필요가 있다.】

　ー다산茶山이 석천石泉을 만나고 와서 "내가 내 손으로 내 상투를 잘라버리고 싶다" 하였다. 자신이 얼마나 비참한 시골 놈, 우물 안 개구리인지, 자괴자탄하고 있다. 경학經學의 세계에 대한 통찰이라 하겠다.

【반산: 그 해석에 동의하기 어렵다. "내 상투……"는 전고典故를 따져야 한다.】

　ー다산의 시詩를 보면, 말년에 극히 혼란한, 미칠 듯한 경계를 보인다. 1828년 신석천申石泉이 죽고, 송파의 윤외심尹畏心이 죽었던 것이 그 원인이다. 《여유당전서》에 보면 윤외심의 시詩가 수두룩하다. 그것을 아무도 모르고 있다. 윤외심이 다산에게 갔다가 없어서 시詩를 놓고 간 것이다. 윤외심의 문체는 연암燕巖 쪽이다.

석천이 죽고 다산과 윤외심은 배를 타고서 깊이 왕래하였다. 윤외심은 초원의 아들 면백勉伯 대연岱淵과 거래가 깊었다. 윤외심의 아들이 죽자 다산이 뇌사誄詞를 쓰면서 '자신의 아들(일곱 자식 중 둘 남은 것)의 못난 것……'을 언급한다.

다산은 강진에서 47세인가 중풍으로 쓰러진다. 이후 반쪽 몸을 못 쓴다. 밥 덮는 보자기를 덮어쓰고 침을 늘 흘리면서……, 강진에서 57세에 올라온 뒤 3년 걸려 용문산을 다 돌아본다. 소를 타고 겨우 겨우 한 골짜기씩 보았던 것이다. 다산의 위대한 점은 중풍 상태에서 그것을 극복한 점, 그 악조건에서 일어나 이루어낸 것이다. 까뮈의 《시지프스의 신화》 맨 끝에 "내 고통을 직시하고 있을 때 모든 우상이 침묵한다"고 한 것, 그래서 "새로운 세계가 보인다"라고 한 것과 같은 경지이다.

당시 신석천申石泉은 광주廣州 사촌社村에 도서관을 꾸미고 있었다. 다산이 이것을 보고 눈이 뒤집혔다.

— 《주자가례朱子家禮》와 《사례편람四禮便覽》에 남자 임종 시 여자는 물리고 제자와 친구 주위에서만 종終한다고 한다.

1995년 6월 16일 저녁, 서교동 Papaya 다방의 사랑방에서

 ─ 해방 후 나는 연세대학에서 국문학도 가르쳤다. 예컨대 그때 이광린에게 〈춘향전〉을 외워 쓰게 하였다.

 【반산: 현재 우리의 문장은 번역문이다.】

 ─ 강화학 집안에 기질奇疾이 있었다고 하는데, 그것이 무엇인지 궁금하다. 초원과 자결한 시원是遠은 모두 장수했다.

 【반산:《초원집椒園集》에 〈대연행장岱淵行狀〉이 없다. 원래 의무였을 텐데…….】

 ─ 묘지명이 있다. 그것으로 족한 것이다.

1995년 6월 23일 저녁, 서교동의 사랑방에서

 【우반: 프랑스 문학에서 루소(Rousseau)가 단연 울보이다. 생애와 전 작품에서 그러하다.】

 ─ 중국 종남산終南山을, 의상義相 이후 범일梵日이 다녀가고 이후 1,000년 만에 다녀간 이가 송광사 현봉玄鋒이다.

 《예루살렘 입성기入城記》의 조사 때 늘 피렌체의 피에타(Pieta)를 염두에 두고 있었다.

1995년 8월 15일 14:00, 서교동 Papaya 다방의 사랑방에서

 【반산: 중국불교가 인도불교와 다른 점은 '화광동진和光同塵'이다.

화광동진이 곧 돈오頓悟이다. 중국에서 《도덕경》이나 《유마경維摩經》을 번역할 때 화광동진 부분을 강조했어야 했는데, 그런 것이 없다.】

─관중학파關中學派의 승조僧肇가 그러고 보면 위대하다. 화광동진을 누가 강서江西로 가지고 왔느냐가 큰 문제이다. 마조馬祖의 "배고프면 먹고……" 하는 것도 같은 정신이 아닌가. 지장地藏이 화광동진의 화신이다.

【반산: 지장과 화광동진과는 거리가 있다. 화광은 대상 없이 하는 것이나, 반면 지장은 대상이 엄연하다. 일연一然은 학자이다. 특히 《중편조동오위重編曹洞五位》에서 그러하다. 그것은 화광동진의 세계이다. 매월당이 거기서 한 걸음, 경허당이 또 한 걸음 나아간 것이다. 《십현담十玄談》에 "부처의 옷을 버리고 거지의 옷을 입는다" 하는 것 등이 모두 화광동진이다.】

─장사경잠長沙景岑의 '백척간두'도 화광동진이지.

【반산: 일연은 글로, 경허당은 행동으로 한 사람이다.】

─동산洞山과 마조馬祖를 갈라놓은 것은 《보림전寶林傳》 이후이다. 그 전에는 모두 같았다.

【반산: 법안이 집대성했으나, 그 전에 임제 쪽에서도 이쪽에 기울어진 이는 많다. 중국에서 임제가 승하고 조동이 잠적한 이유는 임제 쪽이 무지한 인물들이고 조동의 이류중행은 어렵고 힘들기 때문이

다. 조동은 식자가 하고, 임제는 무식한 이가 했다. 법안이 뛰어난 학자이기에 가능했으나, 그 뒤가 없었다. 김시습이 법안에 공감한 것이지 그가 창안한 것이 아니다. 조동의 운명이 일본에 건너가 '지관타좌只管打坐'가 된 것에는 이유가 있다.

경허당은 무언가 남길 수 없는 이다. 그에 비해 일본 도겐(道元)의 《정법안장正法眼藏》은 70 몇 권을 100권으로 채우려 했던 것이다. 일연도 어떤 의미에서 타협했던 인물이다. '요사목우화상遙嗣牧牛和尚'을 서여 선생은 일연의 동조로 보나, 그가 국존國尊이 되기 위해서는 자의든 타의든 '요사목우화상'했어야 했다. 본심이나 본의는 아니었을 것이다.】

–《삼국유사三國遺事》의 '이혜동진二惠同塵'조는 일연의 극치이다. 보조普照의 비문에는 그가 굴산파를 표방하지 않은 것으로 나온다.

【반산: 보조가《금강경》을 읽고 깨달았다는 것은 가여운 일이다. 선어록禪語錄 도처에 불성佛性 있음이 기록되어 있다. 보조의 공功은, 의천義天이 천태교관에 흡수한 선을 되살려 놓은 일이다. 의천은 처음부터 화엄이 아니었다. 그는 적극적으로 체제불교를 세운 이다. 현수賢首의 화엄을 빌려온 것은 의상義相 화엄을 없애기 위한 것이었다. 그 다음으로 천태를 내세워 선禪을 없애려 하였다.】

– 의천은 한 마디로 신라 불교를 없앤 사람이다.

【반산: 왕건王建·광종光宗의 대對 불교 정책과 정신을 계승한 것이 의천의 정신이다. 수선사修禪社를 세운 보조는 무신 정권의 도움이 절실했다. 무신 정권이 지나고 일연一然이 나서는데, 그는 엄연히 가지산파를 표방한다. 비문에 보면 "일연이 구산도회九山都會를 평생 두 번 개최"하고 있다. 그가 《중편조동오위》를 쓴 이유는 구산九山이 모두 조동의 정신을 이어받은 이들이기 때문이다. 보조는 구산九山을 중요시하지 않았다. 어떤 의미에서는 르네상스 운동을 한 이가 일연이다. 태고太古는 바보다. 할아버지가 중국에 가서 후배에게서 법法을 받으려 했던 것이다.】

- 신라에서는 선禪과 화엄이 둘이 아니고 하나였다.

【반산: 한국 선종사는 의천을 중심으로 하여 전후로 나누어야 한다. 신라 선禪은 체제불교가 아니었다. 체제불교라면 구산선문을 그냥 둘 수 없다. 구산이 말이 안 된다. 의천이 만년에 반성한 것은 반성이 아니고 교묘한 것이다. 그가 원효·의상에 추존追尊(추서 입비立碑)한 것은 현재 현실에 살아 있지 않고 이제 완전히 역사화하였다는 것을 의미한다. 그러고 나서 수기守其(천기)는 균여均如 복원 운동과 의상 화엄 부흥을, 일연은 조동 복원 운동과 선종 부흥을 꾀한다.】

- 이들이 진짜 일연의 스승이었다. 혁련정의 《균여전》이 공포되지 못하였다. 그것이 의천 때문에 지하로 잠적하였다가 수기·

천기에 와서 대장경 각판 때 보유로 집어넣어진다.

【반산: 최모 교수는 의천이 중국에 가서 무엇을 많이 배워 왔다고 하는데, 배운 것은 전혀 없다. 의천은 사실 중국에 가서 사찰에 금金(돈)을 뿌린 것이다. 최 교수의 한국불교에 대한 이해는 좀 곤란하다. 의천이 글을 남긴 것이란 없다. 있다면 체제에서 정리한 것이다. 고운孤雲의 불교 학식의 정도는 미상이다. 뒤에 화엄을 했다고 하나 그는 역시 유가儒家이다.】

1995년 8월 23일 저녁, 서교동 Papaya 다방의 사랑방에서

– '무공덕無功德'이란, 마조馬祖 · 남전南泉의 화광동진和光同塵 정신이 익어 800년 이후에 달마達磨에 가탁 · 재해석한 것이다.

【반산 : 그것은 노자老子의 '노이무공勞而無功'에서 온 것으로 화광동진과 표리 관계를 이룬다. 선禪에서는 그 둘을 수용하여 흔히 인용한다. 《벽암록》 제 11 화두나 '색즉시공 공즉시색色即是空 空即是色'이 다 같은 것이다.】

1995년 8월 29일 저녁, 서교동 Papaya 다방의 사랑방에서

(서여 선생이 강량부姜亮夫의 《돈황학논문집敦煌學論文集》(1987) 중의 〈파리소장돈황사본도덕경잔권종합연구巴黎所藏敦煌寫本道德經殘卷綜合研究〉 복사본 1부씩을 나누어주며)

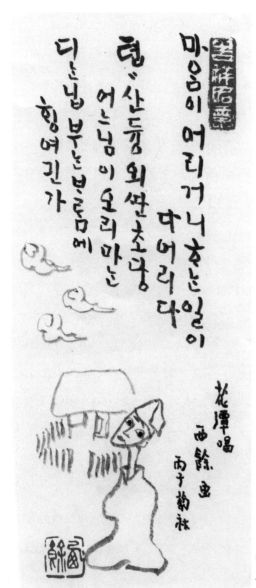

마음이 어리거니 하는 일이 다 어리다

만중운산(萬重雲山)에 어느 님이 오리마는
지는 닙 부는 브롬에 행(幸)혀 긘가 호노라

병자년 가을에 선생이 화담의
노래에 그림을 붙인 것.

－강姜은 삼태三台에 머물러(1937~1940) 혜의사慧義寺에 관한 기록을 남겼다. 지난 여름 삼태三台에 갔을 때 내가 그의 글을 찾아보았다.

【반산: 원효元曉가 '불연이대연 물현이지극不然而大然 勿現而至極'이라고 했는데, 모든 것이 한 차원 없애버리면 큰 뜻이 된다. 서여 선생이 화광동진·이류중행을 다시 해석하였으니, 그것은 방탕하는 것이다.

무념無念·무상無相은 '응무소주이생기심應無所住而生其心'이다. 매월당은 "마소가 이류異類가 아니라 너희가 다 이류이다"라고 하였다. 종교 자체가 교조주의敎祖主義이다.

신행信行이 승옹을 불러낸 것은 예부터의 방편方便이다. 그의 사상이 아니다.

조동종이 망한 것을 두고 일연은 그것을 남에게 설명할 수 없기에 '법당 앞에 풀이 한 길'이라고 하였다. 조동종은 법안문익法眼文益이 아니면 그나마 안 전해졌을 것이고, 김시습도 안 나왔을 것이다.】

1995년 9월 14일 저녁, 서교동 Papaya 다방의 사랑방에서

－의상義相보다 균여均如의 화엄교학華嚴教學이 시급하다.

【반산: 김지견金知見 선생의 이번 학기 강의 교재인 김시습金時習의 〈화엄장華嚴章〉은 김시습의 '어느 고인故人을 위한 화엄 청請'이라

는 짧은 글에 청량淸涼의 것을 앞에 붙여 부피를 늘린 것이다. 의상義相의 《법계도기法界圖記》를 이해한 이가 유일하게 매월당梅月堂이었다. 그는 "화엄 80권을 세존이 설했으나, 나는 일구一句로 충분하다"고 하였다.

과거에 왕안석王安石이 자호自號로 '반산半山(지명 이름)'이라 했다. 소동파가 왕의 은거지에 찾아가 경의를 표하였다.

중국에서 노자 연구에 최장最長하고 최심最深한 이는 왕안석과 소철蘇轍(동파東坡의 아우)이다.

동파시東坡詩는 '소은小隱은 산山에, 대은大隱은 저자에, 중은中隱은 관직官職에 숨는 것'이라고 하고 있다.

아무리 큰스님이라도 대각大覺은 못 쓰는 법이다. 의천義天이 처음에는 거절하다가 끝내 받아쓰었다. 그래서 나쁘다.】

—강화학은 기실 명대明代 귀유광歸有光 진천震川의 문장을 따랐다. 중국 문학사에서는 그에게 별로 관심을 쓰지 않는다. 진천의 문장은 아예 현대적이다. 그 외에 방망계方望溪를 손꼽는다. 춘원春園이 육당六堂의 글을 읽다가 어려워 "이것 사뭇 주역周易이구먼……" 하였는데, 창강倉江의 시詩를 보고 영재寧齋가 "이것 사뭇 귀진천歸震川이구먼……"이라 하였다.

강화학의 colony로는 첫째가 진천이고, 둘째로 광주·구례·영암을 헤아려야 한다. 후자는 임백호의 줄기들로 회천 임林 씨이다. 내가 연세대 도서관에 이쪽 관계 필사본을 많이 넣었다.

1996년 1월 10일 저녁, 서교동 EO 다방의 사랑방에서
　－수기守其는 고려 최대 문장가인 유승단俞升旦(원순元淳)의 양
자였다. 이규보李奎報의 《동국이상국집東國李相國集》 속편에 이규
보와 수기가 주고받은 시詩 5편이 있다.

1996년 1월 18일 저녁, 서교동 EO 다방의 사랑방에서
　－몽군蒙軍의 침입이 없었더라면 《삼국유사》의 서술은 없었을
것이다. 재조再彫 대장경의 소식도 마찬가지이다.

1996년 3월 14일 밤, 서교동의 사랑방에서
　－《제왕운기帝王韻記》에 의하면 부석사浮石寺는 원래 선달사寺
였다. 선달과 선돌은 상통한다. 선돌은 부석사 뒷산에 있다. 명주
冥州가 그 영지領地였다.

1996년 4월 21일 오전 11:00시, 연희동 연세대학교 의망원倚望園에서
사랑방 철쭉제를 벌이며

호적胡適 선생의 방한訪韓을 고대하며 1961년 선생이 손수 철쭉을 구해 심고 의망원
倚望園이라 이름 하였다. 연세대학교 옛 중앙도서관 앞뜰

의망원 철쭉이 만개하는 봄이 되면 서여 사랑방은 으레 그곳을 찾았다. 선생을 모시고
반산半山님과 필자 우반又半

의망원 철쭉 앞에서 고故 김지견 교수와 서여 선생님과 반산𣏾山

　－이마니시 류今西龍는《삼국유사三國遺事》를 깊이 연구하고 연모한 사람이다. 58세로 몰몰没했다. 그는 신석천申石泉을 흠모하였다. 그래서 석천의 경학經學 관련 저술을 복사시켰다. 그것이 남아 전한다. 죽기 9개월 전 약값을 털어 석천의 광주廣州의 후손에게서 자료를 구하였다. 동양문고東洋文庫의 나이토内藤湖南가 석천 관련 자료를 찾으러 왔으나 못 찾았다.《시차고詩次考》·《서차고書次考》·《역차고易次考》가 그것이다. 이것이 위당爲堂에게 전해 있었다. 여러 해 전에 내가 그것(나머지)을 복사해 천리대天理

大에 가져가려다가 동양문고에 빼앗겼다.

이마니시 류今西龍의 아들 이마니시 순조는 만주학滿洲學의 대가이다. 아들이 이마니시 류의 자료를 천리대天理大에 기증하였다.

위당이 어떻게 석천 자료의 핵심 부분을 갖게 되었는지는 의문이다. 해공 신익희가 상해에 갈 때 자료를 위당에게 넘겼던 것으로 보인다. 해방 후 해공이 돌아와 위당에게 그것을 달라고 하였는데 위당이 그동안 그것을 다 팔아치워 답변에 난색을 보였다고 한다.《시차고詩次考》는《동양학보東洋學報》에 영인되어 나왔다.

석천石泉과 초원椒園은 당시 강화에서 같이 붙어 살았다.《석천유고石泉遺稿》가 위당에게 있었다. 이마니시 류今西龍가 소장하는 책 중에도《석천유고》가 남아 있었다.

이마니시에게 '사산비명四山碑銘' 사본이 있었다. 한국 도자기에 혼신을 바친 아사카와 다쿠미淺川巧의 소장본을 복사한 것이다. 야나기 무네요시柳宗悅도 아사카와의 영향을 받았다. 내가 해방 후에 거기에 들렀더니 청淸나라의 징인데 용龍 네 마리가 새겨 있는 것을 주더군.

경주에 있던 오사카 긴타로大阪金次郎도 걸출했다. 회령에도 있었다. 그가《삼국유사》필사본으로 정덕본正德本과 같은 것을 남겼다. 그것이 내게 전해 있다.《삼국유사》정덕본은 이마니시 류

今西龍가 찾아냈다. 일제 때《조선사학회보朝鮮史學會報》배인본에 이마니시 류가 해제를 썼다. 육당六堂의 해제는 이마니시 류의 것을 추종한 것이다.

1925~1926년 경 와룡동의 이성의李聖儀가 그 정덕본을 가져와 7원元을 부르니 이마니시 류今西龍가 "빠가야로!"라고 하면서 40원元을 주더라는 것이다. 내가 소장하고 있는《조동오위요해曹洞五位要解》도 이씨에게서 나온 것이다. 그 전에 내가 가지고 있던 좀 못한 것은 Voss포스에게 주어 현재 라이덴(Leiden) 대학에 소장되어 있다. 당시 이마니시 류의 형편으로는 400원元은 냈어야 했다. 경성京城제국대학 교수의 한 달 급여가 식민지 수당을 합쳐 400원元 쯤 되었으니 그 정도는 내놨어야 한다. 총독의 봉급은 300원元이었다.

– 한성준의 제자 가운데 승무의 전수자는 한농선과 이강선이었다. 특히 이강선은 청계천에서 주워 왔다고 했다. 한성준은 한성 권번과 경성 권번에서 춤·장단을 가르쳐 비교적 부유했다.

1996년 4월 24일, 일본 천리시天理市의 천리교 본부를 방문하여.

– 천리대天理大의 전신前身은 천리외국어대天理外國語大이다. 초창기의 조선어학과朝鮮語學科에 최현배 선생이 2년 쯤 전임으로 강의하였다. 당시 서울에서는 최 선생이 그곳 신도가 되었다고

들 이야기하였다.

1996년 4월 25일, 천리대天理大 도서관에서

– 천리天理 도서관은 이마니시 류와 다카하시 두 사람이 만들었다.

1996년 4월 27일, 경도京都에서

– 내가 33년 전쯤(1963?) 이병도 등과 다녀가고는 교토가 이번에 처음이야. 그 이전에는 1936년경인데, 상해上海로 유학을 가려다 그 길이 막혀, 가형家兄이 이곳 경도대京都大 농대農大에 다니고 있어 이곳에 한 1년간 체류했다. 마루젠을 통해 북경 유리창에다가 책을 주문한 것도 그때 여기에서다.

1996년 5월 31일 저녁, 서교동 Eden 다방의 사랑방에서

– 위당爲堂이 하루는 나이토 코난(内藤湖南)의 《삼국유사三國遺事》 발문跋文'의 끝부분을 외며 명문名文이라 하였다. 동경학파東京學派의 나이토는《중국사학사中國史學史》를 저술하였다. 우리보다 먼저 알았던 이다. 과소평가해서는 안 될 일이다.

1996년 11월 27일 저녁, 서교동 EO 다방의 사랑방에서

【반산: 일연의《중편조동오위》와《삼국유사》는 서로 무관하다.《삼국유사》는 오히려 시대 상황에 따른 민족 정서의 주체성을 확립하기 위한 것이다.

이류중행異類中行은 조산본적曹山本寂에서 끊어지고, 뒤에 삼종타三種墮로 연결되어 강남江南에서 한때 살아난다. 설잠雪岑은 일연의《중편조동오위》에 불만이 많았다. 특히 3종타 문제에서 그러했다. 그래서《조동오위요해》를 쓴 것이다. 일본에 전한《중편조동오위》는 설잠의 수택본이다.

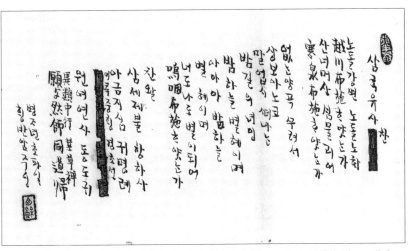

서여 선생이 지은 〈삼국유사찬讚〉. 병자년 초파일에 친필로 써서 사랑방 식구들에게 나누어 준 것.

일연이 이야기한다: '조동오위'란 오현금五絃琴의 안주雁柱와 같은 것이다. 그것을 옮기며 연주한다. 그런데 그것을 접착제로 붙여 고정시켜 놓으면 그것은 이미 오현금이 아니다.

《참동계參同契》의 중요성은 그 회호回互 사상이다. 《주역周易》과 상통한다. 《참동계》에 관해서는 주자朱子의 주석이 있다. 설잠의 《조동오위요해》에 있는 태극도太極圖는 《성리대전性理大全》에서 가져온 것이다. 회호는 음양이 서로 배태되어 있음을 말한다.】

－초원椒園도 《유마경維摩經》을 좋아했다. 초원은 가문의 어린 것까지 일일이 죽으면 행장行狀을 남겼다. 집안의 어려운 정황을 남기려 했던 것이다. 예외는 사촌 긍익肯翊이었다. 긍익의 동생 영익令翊 신재信齋와는 막상막하의 신교神交·친분이 있었다. 긍익도 초원에 대해 언급한 것이 없다. 긍익이 무슨 잘못을 저지른 것일까?

【반산: 왕양명王陽明은 《유마경》과 《능엄경楞嚴經》을 귀신의 글이라며 극찬하였다. 《능엄경》은 차돌 같아서 오래 전부터 절집에서 '차돌능엄'이라고 했으며, 《기신론起信論》은 깐깐하여 '깐깐기신'이라고 부른다. 석천石泉도 《기신론》을 좋아했다. 그래서 위당爲堂도 《기신론》을 애호하였다. 왕유王維는 《유마경》을 극히 좋아하여 자호自號도 '마힐'이라 하였다.】

－만해萬海의 《십현담교주十玄談校註》가 있다. 동국대 도서관

에 원고가 있다.

【반산: 만해는 선禪의 입장에서 교주校註하였지, 교학적 교주를 한
것은 아니다. 그런 대로 괜찮다. 만해는 시인詩人이다.】

－만해가 위당을 찾아왔다가 가자, 위당이 내게 싱긋 웃으며
"만해가 불교를 좀 안단 말이야……" 하였다. 나는 《중편조동오
위》의 발견자로 역사에 남을 것이야. 스에마쓰(末松保和)는 여기
에, 그리고 이후 《조동오위요해》의 계속적 발굴에 두 손 들었다.

1997년 4월 6일, 서교동 서교호텔 커피숍의 사랑방에서

【반산: 히라카와 아키라(平川彰)는 '불교는 이데올로기를 깨는 것'
이라고 하였다. 남전南泉이 말한 바 '여여如如라면 그 순간 이미 아
니다'라는 말은 가장 철저하다. 피모대각被毛戴角도 원래 《대지도론
大智度論》에서 '잘못하면 그리 된다는 것'이라 한 것을 남전南泉이
당장 뒤집은 것이다. 《금강경》은 원래 '능단금강경能斷金剛經', 즉
금강도 깨진다는 가르침이다. '백척간두百尺竿頭'는 이데올로기의
세계를 말한 것이다.

《유마경》은 나가오 가진(長尾雅人)이 역주譯注한 《유마경》(中央文庫,
1983: 산스크리트본에 가장 가까운 티벳본의 직역본)과 대조해 보아야 한
다.】

1997년 4월 13일 점심, 서교동 서교호텔 일식점에서 식사 후 연세대 의망원 倚望園에서 사랑방 철쭉제

– 왼손이 모르는 일

【반산: 좌소행 우불식左所行 右不識】

【우반: 좌우불상식左右不相識】

– 예수의 산상수훈이 모두 조동종의 세계다. 예수님이 "아브라함 이전에 있었다" 한 것도 그렇다.

【반산: 의상 · 매월당이 모두 예수 같은 이이다. 특히 의상의《법계도기法界圖記》에서 그것을 본다. 의상에게 화엄華嚴은 선禪이었다. 매월당의 생육신生六臣 조작은, 뒤에 이율곡이 판서判書로 추증하고 본전本傳(행장行狀)을 쓰며 그를 내유외불內儒外佛로 만들었기 때문이다. 매월당이 화엄에 대해 쓴 것으로 2책이 있다.】

1997년 5월 7일, 서교동 사랑방에서

– '깃발이 움직인다', '바람이 분다'의 논쟁에서 혜능慧能이 "마음이 움직이는 것이다. 마음이니 아니니 다 동動에 얽매인 것이다"라고 하였다. 홍인弘忍이 몰沒하고 혜능이 도망가 숨어 있을 때 이렇게 논평하여 주지에게 발각돼 상단上壇에 오른다.《육조단경六祖壇經》에 나온다.

원시 경전에 "부처가 금琴 같아야……"라고 하였다. 팽팽해도,

늘어져도 곤란하다는 것이다. 선록禪錄에 "몰현금沒絃琴을 알아
야······"라고 하였다.

1997년 5월 23일 저녁, 서교동의 사랑방에서

【반산: 불佛은 대도大道를, 나한羅漢은 신통묘용神通妙用을 추구한
다. 보살은 이류중행異類中行을 추구하면서 대도大道를 바라지 않고
저버린다. 그래서 후광後光이 난다. 나한은 후광이 없다. 진묵震默
대사에게 나한은 굴복한다.

초원椒園의 경지는 그가 "달빛 쏟아지는 소리를 듣는다"라고 시詩
에 표현한 것에서 잘 드러난다. 그는 선禪에 심취하였다. 산에 초막
을 짓고 좌선했으나 관리들이 그것을 철거하였다. 영적 체험·깨달
음은 zeitlose Kristallisation(시간을 떠난 결정화結晶化)이다.

의상의 《일승법계도기》를 두고 서여 선생은 한문 문장이 거칠다고
하나, 거기에는 일상의 구어체가 많다.

샤먼(shaman)의 철학적 기반은 중개자·중재자이다. 인간의 본질적
성격에서 그것은 불가피하다. 아我와 타자他者 사이에 중개·중재
가 있어야 하는 것이다. 불교·선禪은 타자를 인정하지 않는다. 아
我와 타자의 구분이 없다. 현실의 상황은 연기緣起이고, 악인도 연
기이다. 불교나 이전의 학문에서는 '악인'이라는 표현을 삼간다. 그
래서 선善·불선不善에서 '불不'이 너무 강해서 '미未'라고 썼다. 《유

마경》〈불도품〉 서부序部에서는 '추함과 깨끗함은 같은 것'이라고
하고 있다.

부르크하르트Burkhardt에게 옛 역사·문화의 사회·경제는 아름다
운 것이었다. 그대로 보되 끌어올릴 수 있어야, 이류중행이어야 한
다. 일연은 《삼국유사》에서 귀족을 제외한 신라인(민중)의 고난한
삶을 zeitlose Kristallisation으로 승화시켰다.】

1997년 7월 5일, 서교동의 사랑방에서

【반산: 《법화경》에서 방편이 곧 실상實相이다. 그것이 곧 중도中道
이다. '방법론의 허상虛像,'이것이 도道와 인류학의 내용이 되어야
한다.】

1995년 7월 25일 저녁, 서교동 EO 다방의 사랑방에서

–선록禪錄(《벽암록》)에 "무쇠로 된 소가 무쇠풀을 먹을 때까지
당신을 잊지 않겠다"고 한 것은 '−×− = ＋'의 논리, 부정×부
정=적극 긍정의 논리가 아닌가. 이것은 다른 나라에는 없는 한국
적 특성이다.

【반산: 《금강경》은 'A가 비非A이면 A'라 한다.】

【우반: 그것 참, '나는 내가 아닌 줄 알 때라야 나를 바로 아는 것'이
다.】

【반산:《금강경》은 원래《대열반경》에 속하던 것이 분리된 것이다. '색즉시공 공즉시색色卽是空 空卽是色'도 같은 논리이고, 노자老子 《도덕경》의 '도비도가도道非道可道'도 같은 논리이다.】

－《유마경》의 '행어비도行於非道'의 비도非道가 진짜이다. 선록에 "3년 걸려 깨달음에 이르면 거기서 나아가기 위해 30년이 소요된다" 하였다.

【반산:《조동오위》에도 그런 것이 있다. "깨닫고 갈무리하여 나아가자면 30년 걸린다"는 것이 그것이다. 그것은 기실 3년에 깨달음을 얻고 그것을 잊기 위해 30년 소요된다는 뜻이다. 어부가 3년에 부처 되고, 부처를 벗어던지고 다시 어부가 되는 데 30년 걸린다.
불교학자니 고승이니 돈오점수頓悟漸修를 해석한 것이 웃긴다. 깨닫고 갈무리하여 나아가자면 30년 걸린다. 이류중행으로 내려가야 한다.】

【우반: 내려가고 올라감은 문제가 안 된다. 깨닫고 그 다음에 실컷 두드려 맞고 기어나와야, 벗어나 나와야 한다. 그 부정·역설의 논리는 예수의《마태복음》5장에 수두룩하다.】

【반산: 서양학자들이 불경 번역에서《유마경》을 가장 곤란해 한다.】

－석굴암의 나한들은 죄 지은 듯 두려워하고 움츠린 모습이다. 《유마경》의 세계이다.

1997년 8월 11일 저녁, 서교동의 EO 다방의 사랑방에서

【반산: 중국 도교에 삼시三尸가 있는데, 태어날 때 몸에 붙어 선악을 조왕·상제에게 보고한다. 그것은 원래 인도불교 계통이다. 서여 선생 소장의《약사여래경》은, 현장玄奘 역은 간단하고 의정義淨 역은 본경에 가깝다. 여기에 '구생신俱生神' 개념이 있다. 날 때 몸에 같이 구생俱生하여 죽을 때 선악의 결산을 보고한다.】

－종교의 본디 정신은 수행修行이다. 그래서 노동을 안 하고 먹는 것을 부끄러워하는 것이다. 먹는 것은 탁발한다. 고기고 야채고 가릴 것이 없다. 옷은 죽은 자의 것을 벗겨 쪼가리를 기워 입는다. 그래서 백납百衲이라 한다.

【반산: 선종禪宗의 정신이 바로 그것이다. 남전南泉의 수고우水枯牛 비유도 죽어서 소가 되어 노동 복무로 갚겠다는 것이다. 백장百丈에 와서 선종은 종교로서 본격적으로 시작된다. 백장청규百丈淸規가 그것이다. 거기서 "일일부작一日不作이면 일일불식一日不食"이라 한다. 회창파불會昌破佛이 여기에 결정적인 영향을 주었다. 그래서 선종이 살아남을 수 있었다.

한유韓愈의〈논불골표論佛骨表〉가 중요하다. 부처가 와도 황제가 식사 대접에 옷 한 벌 주고 보내면 될 일이라 하였다. 그런데 불사리佛舍利라며 모시고는 한다. 중이 많으면 사농공상士農工商에 사士 먹이기도 힘이 드는데, 민중이 너무 힘들다는 것이다. 사불도士佛道

등이 곤란하다. 중의 숫자를 줄여야 한다고 하였다. 그는 결국 이로써 귀양을 가고 만다.

어느 노스님이 노동을 하고 농사를 짓자 제자들이 괭이를 숨겨버렸다. 그랬더니 노스님이 굶었다고 한다. 법정의 스승 효봉曉峰은 국수를 삶아 찬물에 헹구다가 작은 한 조각이 물에 씻겨 하수도로 나가자 굶었다. 너무 아깝고 부끄러워서였다.

구산선문의 위대함은 중앙 권력의 대접을 거부한 것이다. 고려 때 반승飯僧의 숫자가 때로는 수만 명에 달했다. 이것이 큰 문제이다.】

1998년 3월 31일, 서교동 제일호텔 커피숍의 사랑방에서

– 호號를 새로 무위행반인無位行半人이라 정했다. (연세대학교 사학史學연구회가 1984년 3월《학림學林》제6집에 발표한 서여 선생의 논문〈일연중편조동오위一然重編曹洞五位〉별쇄본 1부를 서여 선생이 반산에게 주셨다. 그동안 또 교정한 모양이다. 거기에 새로운 호號를 쓴 것이다.)

【반산: 임제의현臨濟義玄이《임제록》에서 '무위진인無位眞人'이라고 누차 썼던 용례가 있다. '아무 지위 없는'이라는 뜻이다.】

– 서부의 카우보이, 명치明治의 근왕지사近王之士 등이 성공적 신화화이다. 우리나라의 경우 임꺽정 정도가 유일하다.

【반산: 신화화는 개인의 부상이 아니다. 집단 · 계층이어야 한다.】

1998년 5월 3일, 서교동의 사랑방에서

【반산: '홍익인간弘益人間'은 불교적으로 부적절한 표현이다. 오히려 요익중생饒益衆生이라 해야 한다.】

 –《삼국유사》는《중편조동오위》를 펼친 것이다.

【반산: 일연의 처음 자字인 회연晦然은 카오스chaos ·《중편조동오위》의 세계이고, 일연一然은 코스모스cosmos ·《삼국유사》의 세계이다.】

1998년 11월 15일 저녁, 서교동의 사랑방에서

【반산:《삼국유사》의 서문을 보면《서경書經》체體이다. 그 틀은《맹자孟子》이다.】

 –언제 기회가 있으면 충남의 개태사開泰寺를 다루어 보고 싶다. 개태는 왕건王建 때의 연호이다. 개태사는 고려 때 종합도서관이었다.

【반산: 일연 이후에는 체제 때문에 일연의 일루드 템푸스illud tempus(시공초월)가 없다.】

 –연세대학에 있을 때 안정복安鼎福의《동사강목東史綱目》수택본手澤本을 반쯤 사 넣었다. 반은 이마니시 류(今西龍)가 구해 갔다.《삼국유사》필사본 하나와 간본刊本 2개를 내가 개인 소장하고 있다.

옛날 금강산에 갔을 때 표훈사表訓寺에서 중들이 '미수'라면서 솔잎을 갈아 꿀을 타 주었다. 향긋한 기억이다.

1998년 10월 22일 저녁, 서교동 제일호텔 커피숍의 사랑방에서

－균여均如는 아기 때 워낙 못나 버릴 정도였다고 한다. 매월당도 못났다고 자술自述하고 있다. 진감眞鑑 국사도 못났다. 원측圓測도 원래 못났다고 보아야 한다. '원측전圓測傳'이 따로 없다. 돈황본敦煌本에는 현측玄則으로 되어 있다. 피휘避諱 때문이다.

【반산:《유마경》첫 장인〈불국품〉에 '요익중생饒益衆生'이라는 말이 나온다. 이 용어 개념은 대승불교의 기본 정신이다. 이것이 도처에 나온다.《금강경》에는 중생을 '아我 · 인人 · 중생衆生 · 수자壽者' 등으로 쓴다.】

1999년 2월 25일, 서교동의 사랑방에서

【반산: 신행信行이 승옹에게 전한 편지에 나오는 '독선獨善'은 맹자孟子의 세계, 정치사상이다. 독선獨善과 겸선兼善이 그것이다. 신행도 정치적이고, 일연一然도 매우 정치적이다. 홍익弘益은 정치 개념이다. 보살 정신도 매우 정치적이다. 그것이 신행이 박해 받은 원인이다. 이런 정치성은 이류중행異類中行에 반대된다.

단군의 천신天神 사상은 무巫의 천제天祭와는 다른 전통으로 이중성

을 갖는다. 신라·고려 때는 중국 제례祭禮의 천제天祭까지 도입하여 삼중三重이 된다.】

─옛날에 기차가 지나가면 모두들, 소 몰고 가던 노인네도 기차에 '엿 먹였다.' 그것이 일제에 대한 저항이던가. 요새는 없어졌다. 기독교의 영향인가……. 미풍양속이 다 사라졌다.

【반산: 지옥은 원래 서양에서 영원한 처벌의 세계이다. 불교 지옥은 인과因果의 철저한 지배 아래 있다. 그래서 구제와 완화의 문제가 제기된다. 공空 사상이 들어오나 민중에게는 오히려 혼란이 극심하였다. 그래서 구제의 방법을 모색한 것이《시왕경十王經》이다. 도교의 지옥관이 여기에 영향을 끼쳤다. 서양에서는 퍼거토리 purgatory(연옥煉獄)가 생겨났다.】

1999년 4월 3일 12:00, 서교동 제일호텔 커피숍의 사랑방에서

【반산: 무巫의 본향本鄕은 울며 걸어서 가는 길이다. 이것이 엘리아데(M. Eliade)의 노스탤지어이다. 여기에 문화접변으로 불교의 진여대해眞如大海가 설치되고, 48용선龍船을 타고 그곳으로 간다. 이것이 포르(B. Faure)가 말한 레토릭rhetoric이자 격절성隔絶性이다.

〈이공본풀이〉는 꽃풀이이다. 여기서《월인석보月印釋譜》의 〈안락국전〉으로 전개한 것으로 보아야 한다.

화엄에 "시무장 처무장時無障 處無障"이라는 말이 있다.《벽암록》에

서는 "익주의 소가 먹으니 광주의 말이 배부르다" 하고 있다. 각범혜홍覺範慧洪의 《임간록林間錄》에 나오는 두순杜順의 이야기이다. 일연은 화엄의 상상계이다. 화엄종이라 할 수 있는 법안종의 상상계로는 문익文益의 《십현담주소十玄談註疏》를 든다. 화엄에 가깝다. 일연이 화엄에 가까운 것은 범일의 가지산문에 속하기 때문이다. 범일은 부석사 의상 계통이다. 부석사 출신·친분에 신승神僧이 많다. 예컨대 행적行寂을 들 수 있다.

불교가 꽃잎을 타고 들어올 수밖에 없었다. 불교는 연화의 세계에서 시작하고 거기서 끝난다. 안락은 불교에서는 극락이다. 안양安養도 마찬가지이다. 같은 말로, 다 미타신앙이다.

구산선문은 오가五家 이전의 것이다. 그래서 혜능慧能에 따라 조계사曹溪寺라 하였다. 지눌知訥은 굴산파이나 대혜종고大慧宗杲를 표방하여 조계종이라 한 것이다.】

－신라 때는 그런 것이 없었다. 신라는 화엄선이다.

【반산: 나는 미하엘 엔데Michael Ende 류의 상상계이다. 거기에 프랑스의 르고프Le-Goff와 뒤랑Durand의 것을 더했다. 〈창세기〉의 아담·이브가 떠난 낙원에 칼·창을 든 미하엘 천사장이 자리한다. 엔데는 그것에 'Ende(종말)!'를 고한 것이다.】

1998년 8월 16일 저녁, 서교동 제일호텔 커피숍의 사랑방에서

　−진각혜심眞覺慧諶이 프로다. 지눌은 계몽주의자이다. 일연과 매월당도 프로이다.《벽암록》은 그보다 좀 빠른《선문염송》에 비견된다. 일연이《선문염송》에 해제를 썼다. 매월당은《조동오위요해》를 일본인에게 전부傳付하였다. 강講을 하고 주었다.

2003년 8월 16일, 서교동의 사랑방에서

　−explain(설명 · 해설)이 문제이다. 학자나 대학 학문이 explain 할 수 있어야 한다.

서여西餘 민영규 선생과 천학川學

●

조흥윤

서여西餘 민영규閔泳珪 선생과 천학川學

1.

사천연구회四川硏究會 편의 《사천문화四川文化》 제1집(2005. 4)에 나는 「천학川學을 열며」라는 글을 발표하였다. 그 글에서 나는 "……사천에서 현지조사를 실시하며 무상無相에 얽힌 초기선종사 제반 문제를 검토하여 한국 천학의 길을 열어준 이는 민영규 선생"이라고 밝혔다. 그 글은 그 전 해(2004) 가을쯤 편집위원회에 넘겼던 것이다. 서여 선생은 그 글을 보지 못하고 2005년 2월 1일 별세하셨다. 음력으로는 12월 23일이다. 선생을 추모하며 이 글을 쓴다.

서여 선생의 글은 이미 정평을 얻은 지 오래다. 중앙일보의 조우석 기자는 《월간중앙》(2001년 8월호)에 실은 「서여西餘 민영규閔

泳珪 그가 없이 한국학韓國學은 없다」라는 글에서 서여 선생의 글을 두고 "……비할 수 없이 정교하고 단단한 글쓰기의 틀(형식, 그릇)과 아름다운 문장의 운용(내용, 스타일) 역시 가히 놀라운 바다. …… 우선 '경학經學과 사장학詞章學의 소망스러운 결합' 정도로만 일단 귀뜸하고 싶다"고 평한 바 있다. 선생은 그렇지 않아도 글이란 무릇 도道임을 때마다 강조하여 가르쳤다. 글에는 모름지기 거짓과 틀림이 없어야 한다. 글에 대한 선생의 자세는 그리 알려져 있지 않으나, 단어의 선택과 하나의 표현에도 혼을 기울였다. 선생은 당신의 글을 모두 외우고 있었다. 한번은 어느 학술지의 간사가 선생의 논문 원고 가운데 어느 표현을 좀 이상스럽게 여겨 고쳤는데 선생은 그것을 회수하고는 그 후 다시는 그 학술지에 글을 싣지 않았다.

글쓰기에서 내 정성이 선생의 가르침을 제대로 따르지 못함이 부끄럽다. 「천학을 열며」에서 나는 선생이 "1990년부터 1994년까지 매년 여름 조사에 나섰다" 하였으나, 정확히 그것은 1995년까지 6차를 기록한다. 그 기간이며 성격을 아래에 간략히 정리해 둔다. 제1차는 1990년 7.20~8.25까지 37일간이고 자료수집 관계로 일본 동경을 거쳐 북경으로, 그리고 거기서 항공편으로 성도成都로 들어갔다. 사천에서의 조사기간은 8.5~8.20로 16일간이었다. 상해에서 다시 5일간 자료조사를 하고는 홍콩을 거쳐 귀국하였다.

제 2차는 1991년 7.20～8.17까지 29일간 고故 홍상우洪象佑와 심경호沈慶昊 두 교수를 위시한 네 사람이 동행하였다. 홍콩·북경을 거쳐 성도에 들어가서 7.25～8.14까지 21일간 조사 활동을 벌였다. 제 3차는 1992년 7.14～8.16까지 33일간이었다. 먼저 상해·소주蘇州·항주杭州를 탐사하고 안휘성 구화산九華山을 다녀와 상해에서 서안西安으로 향하였다. 열흘간의 탐사를 마치고 7월 30일 기차 편으로 성도에 들어가 8월 11일까지 13일간 현지조사를 행하였다. 이때 송광사 현봉玄鋒 스님과 최청일崔淸一 교수와 능인能仁 스님이 함께하였고 심양瀋陽에 사는 조선족 김보민金普民 선생은 상해-구화산 왕복에 함께 다녔다.

제 4차는 1993년 7.18～8.15까지 28일간 북경-서안-성도-북경의 코스를 잡았고 성도에는 8.4～8.12까지 9일간 머물었다. 제 5차는 1994년 6.28～7.19까지 22일간 북경-서안-성도-상해를 돌고 성도 체류는 7.12～7.17까지 6일간에 불과했다. 제 6차는 1995년 7.2～7.23일로 역시 22일간 제 5차와 같은 코스를 취하였고 성도에 7.12～7.21까지 열흘 체류하였다. 매차 내가 선생을 모셨다.

기간과 일정만 보아도 전반 3차가 후반의 것에 비하여 기간이 길고 성도에 더 오래 체류하는 등 차이를 드러낸다. 전후반의 탐사의 성격이 그만큼 다르다. 제 1차는 신라승 무상 선사(680~756)의 행적을 밝히는 일에 주력하여 그가 주석한 성도 정중사淨衆寺의 위치를 확인하고 그와 그의 제자의 진영眞影을 모셨던 삼태현三台縣의 혜의사지慧義寺址를 조사하였다. 서여 선생은 8월 18일 성도에서 사천의 학계 중진들 앞에서 그 결과를「호적 선생과 당대 선종사상의 몇 가지 문제胡適先生和唐代禪宗史上的幾個問題」라는 제목으로 강연하였다.

제 2차에서는 무상과 그의 제자 마조도일馬祖道一(709~788)로 이어지는 중국 선종사의 바른 법맥을 규명하는 일을 목표로 잡았다. 삼태현·도강언渡江堰 시市·용천진龍泉鎭·관현灌縣·자양資陽 등지를 다녔고 무상이 촉 땅에 들어와 바로 당화상唐和尙 처적處寂을 찾았던 자주資州 덕순사德純寺의 위치를 밝혀내었다. 초기 선종사의 바른 법맥을 찾는 우리의 작업이 보다 근원적인 문제로 나아가면서 제 3차의 과제는 '삼계교三階敎와 신라불교의 정립'으로 되었다. 그에 따라 소주·항주 일원의 한국불교 관련 사찰을 둘러보고 서안과 그 인근 종남산終南山 일대를 답사하였다. 그리고 사천에서는 제 2차의 미진한 일을 계속하다가 무상이 두타행頭陀行을 하던 천곡산天谷山과 그의 제자 무주無住가 머물던 보당사保唐寺의 위치를 규명할 수 있었다. 이로써 검남종劍南宗의 네 주요유적을 모두 확인하고 그 실체를 온전히 밝혀내게 되었다.

제 4차는 제 3차의 숙제를 이어간 것이어서 서안에서의 작업에 치중하였다. 성도에서 서여 선생은 제 1차로부터 계속해온 바 사천성省 도서관 고적古籍 열람실에서 문헌자료를 조사하였고, 이제사 시간의 여유를 조금 얻은 나는 사천성 민족연구소 및 민족학자들과의 학술·인적 교류에 마음을 쓸 수 있었다. 제 5 · 제 6차도 비슷한 내용으로 진행되었다. 제 5차에 연세대학교 도서관의 고故 김상기와 북경에 유학 중인 안신원과 최준이, 제 6차에는 한의사 정연구鄭然九 박사가 소중한 인연으로 동행하였다.

차수次數가 거듭될수록 사천은 우리에게 점점 고향과 같아졌다. 비행기가 성도에 가까워지면 타향을 떠돌다 오랜만에 고향을 찾는 사람들처럼 우리의 마음은 설레는 것이었다. 제 2차 때부터 탐사팀에게는 한 가지 버릇이 생겼다. 성도에 닿으면 우선 두보초당杜甫草堂을 찾고 그곳 다원茶苑에서 무심히 한나절을 보내는 것이다. 우리를 알아본 일꾼은 무에 그리 신나는지 우리 찻잔에 연신 더운 물을 부어대었다.

2.

1954년 10월부터 1년간 서여 선생은 미국 하버드 대학의 연경학사燕京學舍에 객원연구원으로 머문다. 어느 날 전前 연경대학 문학원장인 홍업洪業 선생의 집에서 그는 뜻밖에 호적胡適 (1891~1962) 선생을 만나게 된다. 호 선생은 당시 일종의 망명길에 있었다. 여기서 뒷날 서여 선생의 사천탐사를 있게 한 숙명적인 사건이 벌어진다. 호 선생은 마침 「종밀宗密의 신회전神會傳」이라는 글을 탈고한 직후여서 두 분 사이의 화제는 자연스럽게 신회와 종밀에 관한 것으로 모아졌다. 이들은 선종사와 관련하여 그 사상과 법맥이 결정적인 문제로 걸려 있는 당대唐代 선종의 고명한 조사祖師이다. 신회에 관한 중요한 자료가 한국에 있을 것으로 믿고 있던 호 선생에 대하여 넉넉히 응수하지 못한 것을 서여 선생은 이후 두고두고 부끄러워하였다.

그로부터 5년 후 두 분은 타이페이臺北에서 재회한다. 용재庸齋 백낙준白樂濬 선생을 모시고 홍콩의 어느 국제학술회의에 참석한 뒤 타이페이에 들렀을 때 주중대사駐中大使 김홍일金弘壹 장군이 용재 선생을 위한 환영 연회를 베풀었다. 그 자리에 참석한 호적 선생은 서여 선생을 보자 큰 소리로 부르며 반겨주었다. 그리고 화제는 대뜸 5년 전 미국에서의 그 신회 화상으로 들어가고 있었다.

호 선생이 그의 후반생을 다 써가며 신회에 그토록 매달린 데에는 긴 사연이 있다. 그는 일찍이 미국 유학에서 돌아온 1919년

29세 젊은 나이로 북경대학 교수에 취임하고 바로 그해《중국철학사대강中國哲學史大綱》(상권)이라는 저술을 출판한다. 이것이 끝내 하권의 발표를 보지 못한다. 그 중심과제가 당대唐代의 불교, 특히 선종에 관한 것인데 기왕의 역사적 전승이 온통 왜곡덩어리로서 도저히 용납될 수 없음을 발견하였기 때문이다. 이에 호 선생은 펠리오(P. Pelliot)와 스타인(M. A. Stein)의 수집으로 알려진 돈황敦煌 출토문서를 찾아 1926년 유럽 행보에 나서고, 그 결과《능가사자기楞伽師資記》·《신회어록神會語錄》등이 발견되고《전법보기傳法寶紀》·《역대법보기歷代法寶記》·《돈황본육조단경敦煌本六祖壇經》등 당대 선종의 직접적인 기록들이 그 뒤를 이어 학계에 속속 보고되었다. 1천년 굳게 믿어 오던 중국 선종사의 대통大統이 드디어 붕괴되는 계기이다.

연회 다음날 용재 선생은 서여 선생과 함께 중앙연구원中央研究院으로 호적 선생을 찾고는 이듬해 봄 한국을 방문하겠다는 약속을 받아낸다. 1960년 4·19가 터짐으로 호 선생의 한국 방문은 다음해로 연기된다. 이번에는 저쪽에서 호 선생이 돌연 심장마비로 쓰러지고 다시는 일어나지 못할 병석에 눕고 만다. 선생은 1962년 타계하였다. 호적 선생이 한국에 오면 드실 방을 서여 선생은 연세대학교 도서관 2층에 마련해 놓고 있었다. 그 방에서 내려다 보이는 도서관 앞뜰에 이른 봄 100여 그루 넘는 철쭉이 당신

손으로 심어졌다. 이렇게 서여 선생은 선종사 연구를 마무리해야
할 숙제를 스스로 짊어지게 되었다.

서여 선생은 그동안 선종과 고려불교에 관한 일련의 연구를 꾸
준히 발표하였다. 나는 선생의 논문과 강의, 그리고 개별적 가르
침을 통해 이 방면의 무지를 조금씩 깨우쳐가고 있었다. 정년퇴직
후 10년이 넘도록 서여 선생은 그 숙제를 한시도 잊은 적이 없었
다. 그 비원悲願이 촉도행蜀道行을 이루어내었던 것이다.

3.

서여 민영규(1915~2005) 선생의 삶과 학문을 다룬 글로는 세 편
이 나와 있다. 선생이 떠난 뒤 그러니까 가장 최근에 서술된 것이
연세대학교 국학연구원편《연세국학연구사》(2005, 연세대학교출판
부)의 「민영규」(475~490쪽) 부분이다. 아쉽게도 글쓴이가 밝혀져
있지 않다. 다음으로 조우석의 「서여 민영규 그가 없이 한국학韓
國學은 없다」《월간중앙》 2001년 8월호(304~319쪽)를 들게 된다.
상기 두 편의 글은 모두 2천 년대에 들어와 발표되었다. 마지막
한 편은 내가 쓴 것이다. 이에 대한 약간의 해명이 있어야겠다.

서여 선생이 1980년 연세대학에서 정년을 보고나서 두 해 뒤

선생을 뵙고 공부하려는 이들이 있어 서교동 선생댁을 중심으로 '사랑방'이라는 이름의 작은 공부 모임이 형성되었다. 그 모임이 10년이 넘은 1993년 초, 서여 선생의 사천 탐사는 이미 3차를 끝내고 그 조사결과는 〈세계일보〉에 연재되어 학계의 비상한 관심과 열기를 불러일으키고 있었다. 이 해에 들어 한겨울 사랑방에서 선생 글의 간행이 거론되었다. 살아 생전 전집을 내는 것은 학문하는 이의 길이 아니라고 나는 선생으로부터 익히 들어온 터여서 감히 입을 열지 못하였다. 선생은 역시 묵묵부답이었다. 그리고 봄이 되어, 호적 선생의 방한訪韓을 고대하며 서여 선생이 연세대학 중앙도서관 앞뜰에 손수 심은 철쭉이 만개하던 날, 사랑방은 매년처럼 그 철쭉동산 의망원倚望園 앞에서 사진을 찍으며 놀았다. 내려와 어느 찻집에서 커피 잔을 놓고 앉았을 때 선생은 그 선집選集의 간행을 간신히 허락하였다.

이듬해 10월《강화학江華學 최후의 광경 – 서여문존기일西餘文存其一》과《사천강단四川講壇 – 서여문존기이西餘文存其二》(1994) 두 책이 그리하여 세상에 나오게 되었다. 그 발문跋文의 문제가 논의되었을 때 선생은 내게 그것을 쓰도록 명한 바 내가 그것을 거역하지 못하였다. 글의 성격상 두 책의 간행 배경과 편제가 서술됨은 당연하겠다. 그것이 서여 선생 평생의 글 가운데 당신이 정성을 쏟고 아껴온 것들을 뽑아 편집한 것이기에 선생의 학문적 관심과 편력, 나아가 성격을 감히 언급하지 않을 수 없었다. 5쪽에 불과한 짧은 글이다.

정년 퇴임에 즈음하여 선생은 행반암行半庵이라 자호自號하였다. 당신의 평생 이력이 한 줄 반으로 족하다는 말씀이었다. 수많은 경력사항이 그 사람의 인격을 결코 나타내지 못한다. 여기서 우리의 주된 관심은 선생 학문의 성격, 특히 사천과 관련된 것을 이해하는 일이다.

조우석의 글쓰기는 별나고 독특하기로 정평이 나 있다. 그는 주제를 파악하고는 기존의 틀에서 벗어나 자신의 목소리로 흘러가듯 글쓰기를 한다. 그러하기에 그의 글은 구성과 분석에 치중하는 이른바 학문적인 것이 아니다. 그렇다고 해서 언론적이라 말하기도 곤란하다. 여하간 그는 기자의 신분으로 1990년대 초반 서여 선생의 강연을 몇 차례 취재하는 등 인연으로 선생을 사숙하고 있었다.

그런 그는, 글의 제목이 보여주듯 서여 선생을 한국학과 관련하여 파악한다. 선생을 두고 한국학자라거나 한국학에 전심했다는 등의 표현은 쓰지 않았다. 그러면서 그 글의 말미에 선생을 한국학의 진정 '비빌 언덕'으로 결말을 맺고 있다. 이 말을 풀어 이해하자면 서여 선생의 학문은 종래의 '관치官治 한국학'에서 벗어난 진정한 한국학의 모범이 된다는 것이다. 그가 한국학의 개념을 따지지 않은 채 한국학과 관련하여 그 불분명한 틀 안에서 서여 선생의 글과 학문을 논하다 보니 서여 선생은 결국 한국학자로 두드러지고 말았다.

「서여, 그는 누구인가」의 장에서 조우석은 선생을 조금 분석적으로 이해한다. "우리 불교학의 태두, 서지학의 권위자 그리고 국학의 초석을 깔아 놓은 국학의 초기 행정가이지만 서여는 무엇보다 우리 근세 유학사 전개과정의 한 중요한 적손嫡孫이자 증언자로 기억해야 한다"(311쪽)는 대목이 그것이다. 마지막의 표현은 위당爲堂 정인보鄭寅普 선생을 계승한 강화학江華學을 가리킨다. 이러한 이해에서 우선 한 학자의 다양한 학문적 관심과 업적의 열거, 그리고 '우리'와 한국학적 성격의 국학 언급이 내게 걸린다.

선생의 사천 탐사가 우리 불교학이 아니라 호적 선생을 이은 초기 선종사의 성격 규명을 위한 것이었음을 우리는 앞에서 보았다. 서여 선생이 연세대학교 국학연구원의 초대 원장으로 1980년 정년퇴직까지 그 운영과 기틀 확립에 온 정성을 쏟은 것은 사실이나, 국학이 한국학의 단순한 줄임말이 아님을 알아야 한다. 국학연구원의 전신은 역시 서여 선생이 소장을 맡았던 동방학연구소이다.

선생의 학문을 몇 개의 분야로 나누어 보기는 《연세국학연구사》도 마찬가지이다. 먼저 선생의 이력을 따라가며 학문적 관심의 변천을 살펴보고는 선생의 학문을 '이류중행異類中行'의 불교사 인식, 조선후기 '실학'과 강화학, 서지학 연구와 독특한 문체의 셋으로 구분하여 있다. 학자의 관심이란 물론 삶의 과정에서 몇 단계로 변할 수도 있고 그 내용을 편의상 몇 가지로 나누어 볼 수도 있을 것이다. 그러나 그런 것들은 실제 그 학자의 넓은 의미의 의식 안에서 서로 긴밀하게 연관되어 있게 마련이다. 한 사람 학자의 삶을 지배해온, 그의 학문적 제반 관심을 관통하는 고민과 주제가 무엇이던가, 우리는 서여 선생의 학문에서 그것을 알고자 한다.

나는 「발문」에서 선생이 학문정신의 맥을 강화학에다 두고 평생 그 일에 가장 고심하였음을 먼저 언명하였다. 그래서 선생의 선집의 첫 권 제목을 《강화학 최후의 광경》으로 잡고 그 관련 글로써 I부를 구성하였던 것이다. 그 II부는 호적胡適 · 엘리세에브(S. Elisseeff) 선생과의 사연을 위시하여 만몽학滿蒙學 · 곡학曲學 · 서지학 · 돈황학敦煌學 · 서역학西域學 · 복식 등의 논문, 그리고 일련의 수서壽序로 채워져 있다. 이들 학문 분야는 한국의 경우 거의 대부분 서여 선생에 의해 독보적으로 개척된 것들이다. 거기에는 청대淸代 말의 학자 관당觀堂 왕국유王國維 선생의 영향이 가장 컸다.

선생은 평생 관당 선생에게서 심대한 영향을 받았다. 그것은 연희전문 시절 때부터이다. 20대 초의 젊은 나이에 선생은 이미 신협극단新協劇團의 무라야마 토모요시(村山知義)가 연출한 〈춘향전〉 등 공연에 복식 고증의 자문을 담당하여 이 방면 연구의 최고 전문가로 여겨진 바 있거니와, 복식 연구도 기실 관당 선생의 영향에서 기인한다. 곡학·돈황학·서역학·고문학古文學 등의 연구에서도 그러하다. 돈황변문敦煌變文이나 속강승俗講僧에 대한 연구는 관당 선생이 채 챙기지 못한 분야의 것이다. 특히 「춘향전 오칙五則」이라는 논문은 관당 선생의 곡학을 우리 판소리의 세계로 옮겨 그 연구영역을 확대·심화시키되 1942년부터 1988년까지 무려 46년의 공력을 기울인 것이다.

1993년 여름 제 4차의 중국 탐사 때 선생은 우선 북경의 청화대학淸華大學을 찾고 옛 정문 안쪽의 왕국유기념비王國維記念碑에 향을 올렸다. 다음날 물어물어 어렵사리 복전공묘福田公墓를 찾아내고 거기 누워 계신 왕관당 선생의 묘소에 참배하였다. 술 한 병 올리며 한참이나 묵념하는 선생의 모습에서 형언키 어려운 감회를 나는 읽을 수 있었다.

3부로 구성된 《사천강단》은 주로 불교관계 연구논문을 싣고 있다. Ⅰ부의 논문은 사천탐사의 결실로 나온 것들이다. 신라와 고려 불교에 관한 글들은 Ⅱ부로 모았다. 어느 것 하나 초기 선종사 및 신라·고려 불교의 정립과 그 바른 정신의 규명을 위한 주춧돌

아닌 것이 없다. Ⅲ부의 「예루살렘 입성기入城記」는 1976년 기왕
에 연세대학교출판부의 대학문고 제9권으로 출판된 것이다. 현
지조사를 통해 예수의 생애를 재해석한 글이나, 종래 이 방면 연
구에서 찾아볼 수 없는 기독교문화와 불교 및 동양문화와의 비교
로 일관한 것이기에 여기에 자리하였다. Ⅲ부에 이어 이 책의 말
미에 나의 글 「촉도장정蜀道長征」을 부록으로 실었다. 선생의 말
씀이 있어 사천탐사의 증언으로 삼았다.

4.

《연세국학연구사》의 「민영규」전에는 선생의 학문이 불교·유
교·기독교 문화를 아우르며 한국사·중국사를 두루 넘나드는
드넓은 영역을 구축한 것으로 평하여 있다. 조우석의 글에도 《예
루살렘 입성기》를 두고 '기독교 신학에 대한 파천황의 문제 제
기'라며 선생의 주요한 학문업적의 한 갈래로 다룬다. 서여 선생
이 그 글을 아끼지 않은 것은 아니다. 그것이 Ⅲ부로 자리하고 있
는 것도 그러하지만, 《사천강단 – 서여문존기이》가 불교관계 서점
에서 팔려나갈 때마다 "스님들이 「예루살렘 입성기」를 보게 되어
잘 됐다"며 좋아하였다. 그러나 기독교 신학이나 그 문화는 선생

의 지속적인 학문 주제로 되지 못하였다.

서여 선생의 두 권 선집으로 살펴보자면 선생은 평생 강화학과 왕국유의 국학과 불교, 이 세 주제에 전심한 것으로 드러난다. 선생은 위당 정인보라는 스승의 존재로 인하여 연희를 택하였고 강화를 중심으로 전수되어 온 진실 추구의 마지막 등불 위당에게서 그의 학문과 정신을 이어 받는다. 위당의 학문을 선생은 "생매장 되었던 한국 학술사상 강화학을 지하로부터 끌어올린 분은 위당 선생"이라고 정리하였다. 그리고 황량하고 척박한 우리 학문의 풍토에 물줄기를 대고 그것이 강화학이라는 이름의 강으로 흐르게끔 만든 분은 서여 선생이다.

선생이 연희전문 시절부터 평생 관당의 심대한 영향 아래 있었음은 앞서 언급하였다. 관당 국학의 정신과 관심은 서여 선생에게 피와 살이 되어 그 주옥같은 수다한 학문 분야의 개척으로 펼쳐진 것이다. 관당 선생은 자기모순이 극심한 분이었다. 신학문을 하고도 끝까지 변발로 청조淸朝를 섬겼다. 이 모순성, 시세와 영합하지 않는 그 고집이 강화학의 선학들, 특히 이건창李建昌 선생과 일맥상통한 것으로 서여 선생은 보았다. 그러하기에 그 양자의 학문세계도 서로 많이 어울린다. 돌아가시기 얼마 전까지도 선생은 곧잘 관당의《송원희곡고宋元戲曲考》를 손에 들고 있었다.

좌우에 비치하여 선생이 평생 가까이 한 책으로는 무엇보다

《삼국유사三國遺事》를 손꼽아야 한다. 선생의 불교 연구는 이 바탕에서 펼쳐져 나갔다 하여도 과언이 아니다. 그 책의 성격이 워낙 그러하거니와, 선생이 《삼국유사》를 통해 바라보던 불교는 오늘날 개념화 · 이론화 · 사상화思想化되어 있는 그런 것과는 심히 다르다. 거기에는 어머니가 있고, 동물과 교감하는 상상계가 있고, 권력에 대한 민중의 삶이 있고, 나아가 시대의 고통과 정신이 살아 있는 것으로 그는 읽어내고 있었다. 그런 그의 관심이 끝내 촉도장정을 이루어 어떤 연구로 전개되었는지는 이미 살펴본 바이다. 선생이 추구하던 불교의 정신과 그 읽기의 문제는 조금 뒤로 미루고 우리의 논의를 다시 선생 학문의 성격으로 되돌린다.

서여 선생이 종내 사학과에 몸을 담았다 하여 그의 학문을 역사학이니 동양사로 규정하는 것은 지나치게 편의적이다. 예수의 생애에 관한 글을 썼기로 그를 신학자라 하는 것은 곤란하거니와, 불교사학자 · 한국학자 · 서지학자 · 중국학자 등으로 바라보는 것 또한 그를 쪼개어 한 면만 이해하는 오류에 불과하다. 나는 오랫동안 내 스승의 학문적 성격이 무엇인지 탐색과 고심을 거듭해왔는데, 선생이 떠난 이후에야 그것이 민족학民族學(ethnology)적인 것임을 깨닫게 되었다.

1939년 봄 연희전문 문과를 졸업한 선생은 일본 유학을 떠나 1941년 말 대정大正대학 문학부 사학과를 졸업한다. 이듬해 봄부터는 같은 대학 사학연구실의 부수副手로 근무하였다. 추측컨대 이때쯤이 아닌가 싶은데, 선생은 일본민족학회民族學會의 회원이 된다. 일본민족학회가 만몽滿蒙지역 현지조사를 기획하면서 선생은 거기에 참여할 차비를 차리고 있었으나 대동아전쟁기에 조선인의 그 지역 여행을 탐탁치 않게 여긴 일본경찰에 의해 조사받고 저지되면서 선생은 큰 실의를 겪는다. 이 시절 선생은 뒷날 「춘향전 오칙」에 들게 되는 「오륜전비伍倫全備」・「원명元明의 재자가인 극재자가인劇才子佳人劇과 춘향전」・「판안板眼과 장단長短」등의 곡학曲學 관련 글을 속속 발표하고 또한 중국의 학계에서 일고 있던 민요 연구의 배경과 성격을 조선의 학술지를 통해 알리는 등 남다른 활동을 보인다. 이런 것은 동양학이나 중국사의 연구 주제와는 멀다.

1945년 11월 송석하宋錫夏의 수장품 기증으로 서울시 중구 예장동에 국립민족학박물관이 설립된다. 이것은 오늘날의 국립민속박물관의 시초로 여겨진다. 1950년 초 송석하의 뒤를 이어 서여 선생이 이 박물관의 관장을 맡기로 결정되나 한국전쟁의 발발로 그 일이 무산되고 만다. 1945~1952년 선생은 또한 문교부와 국방부의 고적보존위원회 위원으로 있으면서 전쟁 중에는 민간인 통제구역을 뚫고 들어가 학술조사를 벌이기도 하였다. 민족학적 현지조사의 방법이나 정신이 아니고서는 수행하기 어려운 일이다.

선생 학문의 민족학적 성격을 나는 선생 연구의 비교방법에서도 찾게 된다. 물론 그것이 주제의 성격에 따라 반드시 그런 것은 아니지만 「춘향전 오칙」·「한민족복韓民族服과 호복胡服」·「목련경目連經과 돈황敦煌의 변문變文」 등이 그러하고 신라 · 고려 불교의 성격 규명에 있어서는 한국과 중국의 불교가 숫제 긴밀하게 얽혀 논의된다.

그러고 보니 이제야 선생이 마지못해 수용한 국학연구원의 국학의 개념을 이해할 것도 같다. 국학은 한국학의 국학이 아니다. 관당이 추구하던 국학과 한국학의 국학이 모두 포괄되는 개념으로서의 국학이다. 각 지역 · 사회 · 민족의 삶과 문화를 연구하는 학문으로서의 국학, 그것은 민족학을 바탕에 깔고 부른 것일 뿐이다.

구한九韓 내지 구이九夷라는 용어를 한 번 써보고 싶다는 뜻을 선생은 내게 몇 번이나 토로한 적이 있다. 국학이라는 용어의 딱딱하고도 제한적인 함의가 걸렸던 것이다. 구한은 《삼국유사》「황룡사구층탑皇龍寺九層塔」조에 나온다. 거기에는 안홍安弘의 「동도성립기東都成立記」를 인용하여 다음과 같은 내용을 싣고 있다: "신라 제 27대로 여왕이 왕이 되었는데 비록 도道는 있으나 위엄이 없으므로 구한이 침범한다. 만일 용궁龍宮 남쪽 황룡사에 구층탑을 세우면 이웃나라의 침해를 누를 수 있을 것이니 1층은 일본, 2층은 중화中華, 3층은 오월吳越, 4층은 탁라托羅, 5층은 응유鷹遊,

6층은 말갈靺鞨, 7층은 단국丹國, 8층은 여적女狄, 9층은 예맥穢貊이다." 구한학九韓學 내지 구이학九夷學은 그러면 이웃나라의 사회·문화를 연구하는 학문이 되는 터이다.

5.

2001년 5월 어느 날 나는 승용차로 선생을 모시고 송광사松廣寺로 내려 가는 길에 있었다. 조우석 기자가 동행하였다. 문화관광부가 '5월의 문화인물'로 선정한 고려 때의 보조지눌 선사를 기리는 학술대회가 그 곳에서 열리는데 선생이 기조강연 연사로 초빙되었기 때문이다. 강연의 내용에 관한 조우석 기자의 조심스런 질문에 선생은 한참 만에야 입을 열었다. "글쎄, '인간의 발견'을 말하면 어떨까 싶은데……."

인간의 발견이라면 선생은 진즉 강화학과 관련하여 언명한 바 있다. 「이건창李建昌의 시세계詩世界」에서 그는 강화학 250년의 내력을 "모진 핍박과 갖은 곤궁 속에서 성취한 인간의 존엄과 그 발견의 역사"라고 규정하였다. 「강화학 최후의 광경」은 그 인간 내지 인간 존엄의 발견을 구체적으로 가르쳐 준다. 사기공沙磯公 이시원李是遠은 어린 손주 이건창李建昌에게 "질質의 참됨만이 네

가 갈 길이다. 결과의 대소고하大小高下는 물을 바가 아니다"라고
아침저녁 일렀다 한다. 이것은 일의 성패가 아니라 동기動機의 순
수성 여부만을 문제로 삼은 왕양명王陽明의 가르침의 다른 표현
이다.

촉도장정을 통해 서여 선생이 밝힌 초기 선종사의 바른 정신은
이류중행異類中行. 온 몸을 털로 덮고 머리에 뿔을 인 피모대각被
毛戴角, 마소의 길을 걷는다는 뜻이다. 마소가 되어 풀을 보면 풀
을 뜯고 물을 보면 물을 마시며 사람에게 봉사하는 그 길, 그 소리
없는 외침이 중국 선종사에서 행방불명되고 만다.

이 외침이 뒤에 문득 고려 일연一然 스님에게서 되살아난다.
《중편조동오위重編曹洞五位》(1260)가 그것이다. 이 저술에서 일연
스님은 이류중행의 대명제를 제시한 남전보원南泉普願의 수고우
고칙水牯牛古則을 거듭 인용해 가며 그 뜻을 추구하고 있다. 일연
의 그것과 함께 조선조 설잠雪岑의 《조동오위요해曹洞五位要解》를
찾아내고 선종의 정신이 그렇게 이 땅에서 아슬아슬 명맥을 유지
한 사실을 서여 선생은 밝혔다.

선종사와 한국불교에 대한 서여 선생의 이해는 불교계나 관련
학계의 그것과 심히 다르다. 후자가 대부분 호교護敎적이거나 거
창한 깨달음을 앞세우거나 개념적이고 분석적인 데 비하여, 선생
은 무엇보다 인간에 대한 가없는 연민을 거기서 한시도 놓치지 않

는다. 그런 지극한 관심이 강화학과 불교 연구에서 일관되게 흐르고 있음을 우리는 본다.

서여 선생이 저간 수행한 사천에서의 탐사는 단순한 불교의 문제가 아니다. 선생은 초기 선종사의 법맥과 신라승 무상과 그의 제자, 그리고 해동불교와의 관계 등에서 인간(존엄)의 발견을 추구하였던 것이다. 그 정신은 사천에서 꽃피웠고 민족학적으로 사천문화의 한 중요한 성격이자 면모를 이룬다. 한국인에게 사천은 그렇게 긴밀하다. 사천탐사팀이 당시 사천에서 고향을 느꼈던 감회란 그런 인연과 배경을 갖는 것이다.

6.

제 3차 사천탐사를 다녀온 후 서여 선생은 일연과 설잠으로 계승되던 선종의 바른 정신, 아니 인간 발견의 정신이 조선조 말 경허鏡虛 스님(1846~1912)에게 살아 이어짐을 파악하고는 또 다시 밤을 새워가며 연구에 여념이 없었다.

그리고 1994년 5월 중순 충남대학교 인문과학연구소에서 '경허당의 북귀사北歸辭'라는 제목으로 특강을 하였다. 그것을 내가 뒤에 한양대학교 민족학연구소의 《민족과 문화》제 12집(2003.

12.)에 같은 제목의 논문으로 실었다.

선록禪錄에 흔히 불파문정不罷問程이라는 구절이 있다. 물음의 노정을 쉬지 않는다는 뜻이다. 선생은 80대 고령에도 늘상처럼 쉼없이 오로지 학문에 전심하였다. 평생을 진정 구도자求道者의 자세로 일관하였다. 학문의 그런 길을 가르쳐준 스승께 제자는 삼가 감사와 존경과 사랑을 올린다.

《사천문화》 제2집, 사천연구회, 2006. 4.

서여 민영규 선생 약보略譜

- 1915년 3월 4일(음력 1월 19일) : 전라남도 해남군 계곡면 성진리 292번지에서 조선 고종조 승지承旨를 지낸 통정대부 민직호閔稷鎬의 삼남三男으로 출생.

- 1921년 : 집에서 30리 떨어진 해남 미암산 아래의 가설家設 초당 학사草堂學舍에 입학하여 한학을 익힘. 이후 서울로 전학.

- 1928년 3월 : 서울 주교舟橋공립보통학교 졸업.

- 1928년~1933년 : 배재고등보통학교 졸업. 이때 호암湖巖 문일평 文一平 선생의 수업에서 많은 영향을 받음.

- 1939년 3월 : 연희전문학교 문과 졸업. 특히 위당爲堂 정인보鄭寅普 선생에게서 큰 가르침을 받음.

- 1941년 12월 : 일본 대정大正대학 문학부 사학과 졸업.

- 1942년 4월 : 대정대학 사학연구실의 부수副手(현 전임강사)로 근무.

- 1945년 10월~1980년 2월 : 연세대학교 문과대학 사학과 교수. 이 시기 초기에 수년 간 동국대학교 사학과 교수를 겸직함.
- 1945년~1952년 : 문교부와 국방부의 고적보존위원회 위원 역임.
- 1945년 11월 : 송석하 · 손진태 · 홍순혁 · 박봉석 · 이희승 · 이인영 · 이병도 · 방종현 · 이병기 · 이홍직 · 김두종 · 이재욱 · 조명기 등과 한국서지학회를 창설하고 간사로 활동.
- 1952년 5월~1954년 10월 : 연희대학교 도서관장.
- 1954년 10월~1955년 9월 : 미국 하버드대학 연경학사燕京學舍에서 객원 연구원으로 연구. 이때 중국의 호적胡適 선생을 만남.
- 1955년 11월~1963년 9월 : 연세대학교 중앙도서관장. 이때 국내 최초로 도서관학과를 연세대학교에 설립함.
- 1960년~1964년 : 한국도서관협회 회장.
- 1961년 12월~1962년 7월 : 연세대학교 문과대학장.
- 1970년 : 1년간 재차 하버드대학 연경학사에서 객원연구원으로 연구.
- 1974년 4월~1977년 4월 : 연세대학교 동방학연구소 소장.
- 1976년 5월 : 연세대학교 출판부에서 《예루살렘 입성기入城記》 간행.
- 1977년 5월~1980년 2월 : 연세대학교 국학연구원 원장.
- 1980년 : 정년 퇴직 후 연세대학교 명예교수.
- 1985년 5월 : 구상 · 김광균 · 김중업 · 김태길 · 백선기 · 송지

영 · 이성범 · 이용희 · 이주호 · 이한기 · 정비석 · 차주환 · 최호진 · 황순원 · 김원룡 등과 회귀回歸 동인회를 결성하고 동인지 《回歸》를 간행하며 활동.

- 1988년 3월~1989년 2월 : 국학연구원의 다산茶山 강좌를 맡아 강화학江華學 강론.
- 1990년 여름 : 「초기 선종사禪宗史와 신라불교의 성격 규명」을 주제로 제 1차 촉도장정蜀道長征, 즉 중국 현지 학술탐사 실시. 이 기간 중 8월 18일 사천성四川省 성도成都에서 사천의 학계 중진들 앞에서 「호적 선생과 당대 선종사상의 몇 가지 문제」를 강연. 이것이 뒤에 「사천강단四川講壇」이란 논문으로 발표됨. 이후 1995년 여름까지 전체 6차에 걸쳐 중국 학술탐사 진행함.
- 1994년 10월 : 《강화학 최후의 광경》·《사천강단》이 우반又半에서 출판됨.
- 1995년 : 위암학술상 수상.
- 1995년 : 용재학술상 수상.
- 1999년 7월~2005년 2월 : 대한민국 학술원 회원.
- 2005년 2월 1일 : 돌아가심.

서여 사랑방 작은 인문학

1쇄 인쇄	2015년 1월 25일
1쇄 발행	2015년 2월 5일
지은이	민영규
펴낸이	윤재승
주간	사기순
편집	최윤영
영업관리	이승순, 공진희
펴낸곳	민족사
출판등록	1980년 5월 9일 제1-149호
주소	종로구 삼봉로 81 두산위브파빌리온 1131호
전화	02-732-2403, 2404
팩스	02-739-7565

ISBN 978-89-98742-43-0 03800